Sonya
ソーニャ文庫

完全な聖女になるには、強面辺境伯に愛される必要があるそうです

貴原すず

JN148595

イースト・プレス

contents

序章

ベルーザ王国の三月は、ミモザが咲き乱れる季節だ。

十三歳の最後の日。それはベルーザ王国の王女にして聖女候補であるシェリンにとって、人生最後の幸福な日だった。

聖女候補は十四歳の誕生日に試練を乗り越えれば正式に聖女となる。その日を目前にむかえ、都は早くも聖女が生まれる期待に沸いていた。

瑠璃色の屋根を頂く白亜のベルーザ城のベランダにシェリンがあらわれるや、民の歓声が巻き起こった。

シェリンは頬を上気させ、紫の瞳を輝かせて手を振る。

腰までの黒髪を一部だけ編み込みをつくって背に流し、百合の花を彫り入れた宝冠をかぶっている。着ているのは、銀糸で百合の花を刺繍《ししゅう》した紫のローブだ。

だが、シェリンを聖女候補たらしめているのは、右頬に四枚の花弁を持つ紅色の百合の花の聖刻が刻まれていることだ。明日の試練のあと、この百合の花びらが五枚になれば、シェリンは本物の聖女になる。

「聖女さま！」

「聖女さまに祝福を！」

「どうかベルーザをお守りください！」

シェリンはベランダの下の広場に集った民衆を見渡す。粒の揃った種を並べたように、無数の人々の姿が見えた。

手すりに寄りかかり、手を宙で握ってから広げる。

たちまち季節はずれの薔薇の花びらが掌から生まれ、人々の頭上に降り注いだ。

民衆は歓呼の声をあげる。

「聖女さま！」

「我らベルーザの守り姫に祝福を！」

「どうか我らをお助けください！」

シェリンは彼らの祈りに応え、薔薇の花びらをまき散らす。

色とりどりの花びらは風に乗り、驟雨《しゅうう》のように民の頭上に、肩に落ちる。

頬に咲く紅色の百合をさらに上気させて、シェリンは幸福にひたった。

(わたくしは、きっと聖女になる)

そう信じ込んでいた。

それなのに。

翌日、シェリンは試練に失敗し、右頬の聖刻は一枚の花びらを残して消え失せる。

その瞬間から、シェリンの人生は激変した。
誰にでも愛される聖女から、この世のすべての人々から疎まれる魔女へ。
シェリンにとって、地上は天国から地獄へと変じたのも同じとなったのだ。

一章　魔女と聖女

シェリンは地下牢の中で膝を丸めて座っていた。

冬の終わりの石畳の床は冷たく、牢内は湿気でじめじめとしており、呼吸をするたびに排泄物の汚臭が鼻の奥にこびりつく。

ぼろきれとしか思えないワンピースは泥と垢で異臭を放ち、ワンピースから伸びる手足は枯れ木のように細い。肌はかさつき目の下の隈は濃く黒くなって、十八歳の瑞々《みずみず》しさはとっくの昔に損なわれている。

（お腹、減った……）

朝に出されたのは、カビが生えたパンと白湯《さゆ》に等しい味のないスープだ。

生きていくのがやっとの量しか与えられず、空腹は常のことである。

空腹に耐えているのか、寒さに耐えているのか、わからず身を震わせていたとき。

シェリンの牢の前にふたりの兵があらわれた。

鍵を開けて入ってきた兵は、沈黙を保ったままシェリンの両腋《わき》を抱えて立たせる。

恐怖のあまりに歯の根が合わず、総毛立つ。

（まただ……）

暴力の宴がはじまる。その饗宴に供されるのは、聖女から魔女に転落したシェリンだ。

両手を鎖でいましめられ、シェリンは牢の長い廊下を歩かされる。

広場に出た瞬間、シェリンは歓声を浴びる。

だが、それは聖女候補であったときに浴びせられた歓呼の声ではない。

シェリンを虐げたい人々の罵声と呪いだ。

シェリンは鉄の格子に囲まれた鳥かごのような檻に入れられる。格子の隙間はおとなの中指ほどの幅だ。

鋼の檻は、シェリンを〝安全に〟見世物にするためのものだった。

「魔女め！」

「あんたのせいでうちの子は死んだのよ！」

「うちの畑が実らなかったのは、おまえのせいだ！」

「死ね！　おまえが死ねば、みんな幸せになるんだからっ！」

理不尽としか思えない罵詈雑言《ばりぞうごん》が浴びせられる。混乱と怖れは極まり、首を横に振ることしかできない。

「……わ、わたくしは、何も……」

悪事を働いたことはない。もしも、シェリンに咎《とが》があるなら、聖女候補であるのに試練を乗り越えられなかったことだ。その証拠に、右頬に咲いていた百合の花は、花びら一枚を残してすべて消え失せてしまったのだから。

悪罵《あくば》の咆哮《ほうこう》が、潮が引くように静まっていく。ベランダにふたりの高貴な男女があらわれたからだ。

男はベルーザの国王・シェリンの異母兄であるリオン。

彼は声を強めて命じる。

「魔女を打ちのめせ！　そして、不運を払うのだ！」

民衆が同意の声をあげる。そして、さらなる歓呼を叫んだ。

「聖女さま！」

「我らの聖女！」

その声に応じて前に出たのは、赤茶の髪を結って銀の宝冠をかぶり、清楚な白のローブを着た女だ。左頬には五枚の花弁を持つ百合の聖刻。まさしく聖女の証である。

人々は一心に彼女を見上げている。太陽の存在感を放つ、美しい聖女を。

聖女は両手を広げて、語りかける。

「さあ、石を投げるのよ。そこにいるのは邪悪な魔女。痛めつければ、この世の不幸が小さくなるわ」

ベランダから残酷な命令が放たれる。

それを聞いた人々は、そこかしこに置かれた籠に手を伸ばす。籠の中には石が入っていた。

　彼らは、檻に向かって力まかせに石を投げてくる。

「聖女さまのお許しが出たぞ！」

「魔女を殺せ！」

「痛めつけろ！」

「魔女を倒して、幸運を呼び戻すのよっ！」

　石は格子の隙間を抜けるか抜けないかという絶妙な大きさだった。だから、大半の石は格子に撥《は》ね飛ばされる。しかし、無数の石を絶え間なく投げられれば、すさまじい音と振動がシェリンを襲うのだ。

「やめて……」

　シェリンは檻のまんなかにいた。四方八方から石を投げられるため、安全な場所はどこにもない。頭を抱えてうずくまっていると、檻の隙間をすり抜けた石がシェリンの背にあたる。

「ぐっ！」

　一瞬、息が止まるほどの痛みだった。その痛みに耐えている間に、檻をすり抜けた新たな石が身体を襲う。

　背中に、肩に、腕に、尻に、頭に。着ている服は薄く、ぶつかる石の衝撃がそのまま肉体に伝わる。

皮膚が破れ、血が流れる。流れなくても、内側に凝《こご》る。

シェリンは歯を食いしばった。

（やめて……！）

脳内に轟《とどろ》く悲鳴のとおりに叫びたかった。

しかし、叫んだところで助けてくれる人はいない。

経験上、救いの声はさらなる暴力を招くと知ってもいた。暴力を忌避しようとすれば、ますます激しくなる。

だから、シェリンは奥歯を噛みしめ、痛みに耐える。

人々の気が済むまで――いや、バルコニーに立つ聖女フリアナことシェリンの異母姉の気が済むまで。

石が雨のように投げられる。シェリンはひたすらこらえる。永遠には続かないからだ。

彼らがシェリンをいたぶる時間は決まっている。

シェリンは、痛めつけられはするが、殺されはしないのだ。

理由はわからない。

魔女を殺せばさらなる災厄を招くと恐れているのか。あるいは、長く傷つけて楽しむ玩具だから、一思いに殺すのはもったいないと思っているのか。

シェリンには何も教えられていない。

魔女とされてから、地下牢に閉じ込められて、こんなふうに罰を受け続けるだけなのだ。

石が尽きてきたらしく、投げられる石の量が明らかに減ってくる。

それを察したのか、フリアナがベランダから命をくだす。

「もうおやめなさい。魔女は十分に罰を受けたわ」

人々が石を投げるのをやめる。

フリアナの声はまろやかだ。包み込むようなやわらかさがある。

兵がシェリンの檻を動かしだす。下には車輪がついているから、引きずることも押すこともできる。

まるで見世物は終わりだと告げるように、兵は檻を牢への入り口へと向けて押していく。

仕置きが終わったことに安堵したシェリンは、車輪のきいきいという音を耳にしながら意識を喪失した。


暴力を受けたあと、シェリンの心はいつも過去に飛ぶ。

聖女の試練を受ける前日、十三歳の最後の日のことだ。

祝賀パーティーの晩だった。シェリンは貴族たちの祝福を受けていた。

男も女も、みな満面の笑みでシェリンを褒めたたえる。

試練など、シェリンなら乗り越えられると彼らは口々に励ましてくれる。

シェリンは微笑みながら聞いていたが、やはり心の底では緊張していたのだろう。

パーティーを抜け出し、宮殿の庭に向かった。

庭は松明《たいまつ》の明かりが灯り、刈り込まれた緑が美しかった。

お付きの侍女を伴い、なんとはなしに歩いていると、緑の木々の間から見知った青年があらわれた。ユーリという名の青年は、ベルーザ王国の北方を治めるシュヴァイン辺境伯に仕えている下級貴族だ。辺境伯の代わりに、宮中に仕えるために上京していたのだった。

ユーリの腕には、赤い布にくるまれた荷物が抱えられている。

『聖女シェリン。どうかお助けください』

青年の押し殺された声を聞き、シェリンは目を瞠《みは》る。

侍女がシェリンをかばおうと前に立つ。シェリンは彼女の後ろから青年の様子を覗く。

『どうか……ランスを……』

彼は片膝をついて、顔を歪める。

シェリンはあわてふためいて、ユーリが抱えている〝荷〟を覗いた。

それは荷ではなかった。人であった。

『ランス……！』

シェリンにとって、ランスは友人といっていい存在だった。そのランスが怪我をしている。

脇腹のあたりが鮮血に染まっており、それが致命的な傷のようだった。力なく垂れた首は、命の気配が薄くなるのを証明している。

シェリンは唇をわななかせた。友人という存在を持たない聖女候補のシェリンにとって、ランスは友人といってよかった。助けなければと心に決める。

手をランスの傷にそっと当て祈る。指先に集中し、傷をふさぐイメージを脳内に描く。指先が熱を帯びる。指先からあふれる鱗粉《りんぷん》のような金の光がランスの傷に浸透していく。

聖女の奇跡の力だ。それがランスに命を吹き込んでいく。

（どうか目を開けて……）

傷から流れ出た真紅の血を、ランスの体内に戻すイメージで指先に集中する。

頬が熱くなる。百合の花が熱を帯びる。赤い百合の花弁がさらに赤く輝く。

身体中の力が吸い取られるような感覚のあと、閉じられていたランスの瞼《まぶた》が震えだした。

ユーリが感極まったようにランスを抱えなおした。

『聖女シェリン、この感謝をどうお伝えするべきか……』

そのとき、遠くから声が聞こえた。

『シェリンさま！　どちらに!?』

『聖女さま、どこにいらっしゃるのですか？』

シェリンを呼ぶのは貴族たちだ。パーティーの主役を探し求める声は、どんどん近くなる。

『シェリンさま、参りましょう』

侍女に促される。シェリンはもう少しふたりを見守りたかった。

ランスが本当に目覚めるのかを確かめたかった。

しかし、ユーリはすばやく木々の間に隠れた。闇がふたりをすっぽりと覆い隠してしまう。

まるで人目から逃れるようだった。語らなくとも、何か事情があるのだと推察できた。

シェリンは宮殿へ向かう。灯りが照らす道を行き、光が漏れるほうへと向かう。

『聖女さま、いきなり姿が見えなくて心配しておりました』

『聖女さまはベルーザの希望ですもの。いなくなったら、困りますわ』

男も女も猫なで声でシェリンに媚びる。シェリンがこの世の要でもあるかのようにちやほやとしてくれる。

だが、それはこの夜までのこと。

翌日、シェリンは試練に失敗し、聖女どころか魔女と蔑《さげす》まれるようになったのだ――。

夢うつつを破ったのは、傷を踏みにじられる痛みだった。

破れた皮膚を、細く高い踵《かかと》でさらにえぐられる。

うずくまっていたシェリンを踏みつけるのは、フリアナだ。

「ああ、きたなぁい。わたしの妹は、なんでこんなに汚らわしいのかしらぁ」

フリアナはローブの裾を持ちあげ、シェリンを力いっぱい靴で踏みつける。

「う……うぐっ……」

裂けた傷はさらに深く広くなり、鬱血《うっけつ》した痛みは強く鈍くなる。

それでも、シェリンは逆らわなかった。逆らえば、さらにひどい折檻《せっかん》が待っているとすでに知っているからだ。

「ねぇ、魔女シェリン。あなたったら、本当にいけない娘よねぇ。聖女の試練を乗り越えられず、ベルーザに災厄を招いている。みんな、あなたを呪っているの。死んでしまえばいいのにって願っている。どんな気持ちなのぉ、幸福で幸運な王女さまだった、かわいい妹さん？」

フリアナはシェリンの後頭部に足を置き、細い踵に力を入れる。

シェリンは奥歯を噛みしめて、痛みと恐怖に耐えた。

「なんにも言わないのねぇ。怖いの？　やさしいお姉さまが？　わたしはねぇ。聖女なの。魔女を退治しようとすればできるのに、あなたを生かしておいているのよ。それもこれも、やさしくて思いやり深い聖女だからよぉ。わかるぅ？」

歌うように言いながら、シェリンに苦痛を与え続ける。

フリアナは望んでいるのだ。シェリンが苦しむこと、悲しむこと、嘆くことを。

シェリンは頭を斜めに動かして、聖女フリアナを──異母姉を見た。

赤茶の髪を結って、百合の形をした銀の髪飾りをつけている。耳たぶで揺れるのは紅玉《ルビー》を連ねた耳飾り。着ているのは白銀に輝くローブだ。金糸で百合の刺繍がされ、ため息が漏れるほどに美しい。

フリアナ自身も切れ長の涼やかな目をした美女だ。だが、その顔は今や憎悪に塗りつぶされている。シェリンを映す瞳は蛇のように冷ややかで、明確に殺意を浮かびあがらせている。

「シェリン、しゃべりなさいよ。かわいい妹の声が聞きたいわぁ。お姉さまって呼んでごらんなさいな。呼んでくれたら、踏むのをやめてあげる」

フリアナにそそのかされ、シェリンは迷ったあげくに口にした。

「……お姉さま」

瞬間、フリアナがシェリンの頭を踏む足に体重をかけた。

「冗談を真に受けるなんて、本当に馬鹿な女ね！　穢《けが》れた魔女の分際で、わたしのことをお姉さまだなんて呼ぶんじゃないわよっ！」

金切り声が牢に反響する。

「聖女フリアナ。おやめください」

　フリアナの背後から冷静な静止が聞こえた。フードを深くかぶった男だ。

　顔は見えない。だが、声質が軽いせいか、からかっているように聞こえる。

「聖女さま。愚鈍な魔女に感情を乱されるのは、聖女さまらしくありませんよ」

「……おまえに何がわかるというの」

「ともかく、頭をつぶすのはよしてください。死んでしまいますよ。災厄の塊である魔女を殺すときは、聖水に生きたまま放り投げ、溺死させると決まっております」

　澄まし声の忠告に、シェリンは震える。

　聞いているだけで恐怖が込み上げ、息が苦しくなる。

「ですって、シェリン。命拾いをしたわねぇ」

　フリアナは背中を一蹴りした。

　シェリンは身体を丸めて咳き込む。圧迫感はなくなったが、身体の内側にこもったような痛みは消えない。

「ああ、嫌だ。この靴、気に入っているのよ。それなのに、魔女の血で汚れてしまったわ」

　フリアナがわざとらしく嘆くと、フードの男がフリアナを大仰に抱きしめた。男は右手でフリアナの腰を抱き、左手でフリアナの手をとって顔をくっつきそうに近づける。まるで踊りだしそうだった。実際に男は足を三回鳴らしてから小さくステップを踏んだ。甘い香りがする。高価な麝香《じゃこう》の香りだ。

「聖女フリアナ。靴などいくらでも新調すればよろしいでしょう」

フリアナは男につられて踊っていたが、唐突に立ち尽くした。興を削がれたような顔をしている。

「新調？　おまえが拭けばいいわ。いえ、舐めてきれいにしてもらおうかしら」

「あなたの足でしたら、いくらでも舐めてさしあげますよ」

酔っぱらったような男の手を振り払い、フリアナは笑い転げる。

「いいわね、舐めてもらおうじゃないの」

嘲弄《ちょうろう》するフリアナには、聖女らしさなどかけらもない。

だが、フリアナは試練を乗り越えた。失格者のシェリンでなく、フリアナこそが神に選ばれし聖女なのだ。

「あとどれくらいシェリンを痛めつけられるかしらぁ」

「いくらでもできますよ。楽しみはゆっくり味わえばいい」

フリアナはローブをひるがえし、牢から出ていく。男は彼女のあとを犬のように追ってから牢を出た。牢の外では彼女を背にかばい、無情な音を立てて鍵を閉める。男はシェリンに見せつけるように鍵をぶらぶらさせ、フリアナはあざ笑った。

「愚かなシェリン。また来るわねぇ。一緒に楽しく遊びましょう。わたしたちは姉妹なのだもの」

残酷な言葉を投げかけて、フリアナは去っていく。

だが、シェリンが再びフリアナに会うことはなかった。

一月後《ひとつき》、シェリンの牢の前に、ひとりの男が立ったからだ。

「聖女シェリン。ようやく……ようやく、あなたを救いだすことができる」

銀の髪と緑の目の青年は、死んだような目と抑揚のない声で呼びかける。

シェリンの人生は、またしても急転した。

二章　月下の求婚

シェリンが牢から救いだされて十五日が過ぎた。

体調が整ったあと、久方ぶりにつかる温かな湯に、シェリンはほっと息をつく。

色石を組み合わせた浴室は明るく、色ガラスで幾何学模様を描いた窓からは陽光が降り注ぐ。大理石の浴槽は広く、浴場の床も滑らかな大理石が貼られている。

浴槽のそばに膝をつき、シェリンの肩に湯をかけながら侍女がたずねる。

「シェリンさま。湯かげんはどうですか？」

「ありがとう。とても気持ちがいいわ、カリア」

返事を聞くや、侍女――カリアの涙腺がたちまち緩む。

「……ご無事でよかった。本当に申し訳ありません、シェリンさま……」

カリアは言葉をつまらせ、洟《はな》をすする。

シェリンは、湯の中で膝を強く抱えて微笑んだ。

「大丈夫よ、カリア。あなたは、何ひとつ悪くない」

カリアは、かつてシェリンが聖女候補であったころに仕えていた侍女だった。

黒髪黒目で実直そうな顔立ちは昔とあまり変わらないけれど、二十歳を過ぎた彼女はずいぶんおとなになったように見える。それなのに、シェリンに仕えるときの振る舞いは、シェリンが聖女ともてはやされていたころと同じだ。

「……でも、シェリンさま」

カリアは今にも泣きだしそうな顔をしてシェリンを見る。再会したとき、彼女は助けられなかったことをしきりに詫びた。今も、カリアの顔には悔恨がにじんでいる。

「いいのよ、わたくしは魔女なのだから。嫌がらないだけ、カリアは本当にありがたいの」

シェリンは、微笑みに見えるようにと願いながら口角を持ち上げる。

（仕方ない。わたくしは魔女だもの）

試練に失敗してから、シェリンは宮殿の敷地内に立つ塔の一室に閉じ込められた。

父王の決定だった。彼はシェリンを愛し、そのために魔女となった娘に苦悩して、その決定をくだした。

（あのころは、まだマシだった……）

誰とも話すことを許されず、孤独ではあった。けれど、生活全般の不便はなかった。

質素ではあるが食事を運ばれたし、自分の手で部屋を清潔に保つことができた。身支度も整えられた。

しかし、二年ほど経ったころから状況が変わっていった。

父王が病床についてからのことだ。食事をたびたび抜かれるようになったし、洗った衣服が届かずに同じ服を何日も着なければならなくなった。

父王が崩御して兄が即位するや、シェリンの待遇は激変した。

地下牢に閉じ込められ、民の鬱憤《うっぷん》ばらしに石を投げられるようになった。食事はかろうじて生きていける量まで減らされ、怪我をしても治療されず、身支度を整えるなど許されなかった。

シェリンは汚物と同様の存在になった。

(それなのに、カリアはわたくしに触れてくれた)

カリアはシェリンが牢から出された直後から侍女として配属され、汚れたシェリンに触れるのも厭《いと》わずに世話をしてくれた。

ベッドに臥《ふ》せっていたころは清潔な布で身体を拭き、髪を梳《と》いてくれた。

身動きできるようになったあとは、風呂に入れて全身を磨きあげてくれる。

もともとまじめだったが、再び仕えるようになってからは、さらにまめまめしく働くようになった。

ぬるくならないように浴槽に熱い湯を少しずつ足しながら、カリアは慎重に確認をする。

「……シェリンさま、銀狼伯《ぎんろうはく》とお会いになりますか?」

シェリンは空唾《からつば》を飲んだ。

「……会うわ。助けていただいたもの」

シェリンの救い手。命を助けてくれた人。

今日、解放されてから初めて銀狼伯と会う。そのために身支度をする必要があった。

用意されていたのは、聖女が着る白のローブと銀や真珠をふんだんに使った宝飾品だ。

今のシェリンは、衣装に見合う中身だとはとうてい思えないけれど。

「……何を考えているのかしら、銀狼伯は」

ついこぼれたつぶやきを、カリアが即座に拾う。

「銀狼伯は崇拝者だとおっしゃっておられましたわ」

「魔女の？」

思わず皮肉がこぼれれば、カリアは首を左右に振った。

「いいえ、シェリンさまのです」

ためらいなく断言され、シェリンは眉尻を下げる。

「悪人なのかしら……」

銀狼伯が悪人であることには違いない。

彼こそがベルーザ王国を簒奪《さんだつ》した謀反人《むほんにん》なのだから。

絵画が飾られた応接室には、オレンジ色の光が満ちている。

海神が乙女をさらう神話の一場面や魔女を欺《あざむ》く英雄を描いた名画が壁をいろどる。

身支度を整えたシェリンが入室すると、聖女を描いた絵の前に男が立っていた。

小麦を実らせる聖女の神々しい姿の絵は、幼いシェリンが大好きだったものだ。

あのころ、シェリンは信じていた。わたくしも、いずれはああなるのだと。

一歩一歩絵に近づけば、男がシェリンに視線を移す。

銀狼伯とあだ名されるシュヴァイン辺境伯バルトは、北にある領地から南下して都を陥落させた簒奪者である。

うなじで切りそろえた銀の髪、深い水底のような緑の瞳、すらりとした長身の青年の左頬には刀傷の痕があり、それが美貌に凄みを与えている。

まとっているのは黒を基調とした衣装だ。黒のコートとズボンに黒のブーツを合わせている。

首元の真っ白なネッククロスには清潔感があり、コートの下に着ているジレにはしゃれた刺繍が施されている。

まだ二十歳を迎えていないというが、若々しい肉体には不似合いなほどの威厳を宿しており、彼の前に立つと独特の圧迫感を覚える。

バルトは初めて会ったときと変わらぬ死んだ魚の目をして言った。

「体調はよくなったと聞いたが、本当か？」

「はい」

シェリンがうなずくと、彼はシェリンに近づき、右膝をついた。シェリンの手をそっと押し包んで言う。

「……助けにくるのが遅くなった。本当にすまない」

「詫びていただく必要などありません」

シェリンは困惑しつつ告げる。なぜ彼が謝罪をするのかわからない。

「かつて、俺はあなたに助けられた。聖女シェリンに」

「わたくしは聖女ではありません。魔女です」

間髪を入れずに答える。

もはや聖女という呼称に呪いすら感じていた。

「わたくしは堕落したのです。聖女ではないわ」

「あなたがなんと言おうと、俺にとってあなたは聖女だ。俺の命を救ってくれたのは、あなたなんだから」

バルトにじっと見つめられる。生気のない瞳に、小さな光が生まれる。魂の輝きのような強い光が。

シェリンは面食らう。なぜ、まなざしに熱がこもっているのか疑問が生まれる。

「……シェリン。俺のことを覚えていないのか？」

彼を見つめながら記憶をかきまぜる。

銀の髪、緑の瞳。年齢よりもはるかにおとなびた少年が、かつてシェリンの傍らにいた。

シェリンは目を瞠った。

「ランス……」

記憶の底にあったのは、ひとりの少年の姿だ。

宮中に仕えていた下級貴族の従者。そして、シェリンの友人だった少年。

遠巻きにされていたシェリンと彼は、密かに仲を深めた。

ふたりは友情を育んでいた。庭の端に座り、他愛もないおしゃべりをした。

ランスは賢かったから、家庭教師がシェリンに課した課題の解答を教えてくれた。シェリンはお礼にハンカチーフやクラヴァットに刺繍をして贈ったものだ。

その彼が傷を負ってあらわれたとき、シェリンは癒しの力を振るって彼を助けた。

しかし、その結果を知ることはできなかった。ランスが命を繋いだのか、シェリンにはわからなかった。

彼の無事を知りたくても、再会はかなわなかったからだ。

シェリンは魔女になり、閉じ込められた。ランスの情報を得る手段はなく、過酷な日々が過ぎる間に幸せな過去は記憶の海に沈んだのだ。

(ランスが生きていた……でも、これはどういうことなの？)

バルトという名に変じたランスを目の前にしても半信半疑だ。

彼がまとう空気は昔とすっかり変わってしまった。どこかすさんだ雰囲気を漂わせるバルトは、あのころの穏やかなランスと全然違う。顔の傷だってなかったのに。

過去と今の落差に、シェリンは戸惑わずにはいられない。

「ランス……でも、あなたは従者で……それがシュヴァイン辺境伯だなんて、どういうことなの？」

バルトは立ち上がり、シェリンに微笑む。

「ユーリと俺は逆の立場だから。あのときは欺いていたんだ、周囲の目を」

「な、なぜ？」

「それは……俺がシュヴァイン辺境伯の隠し子だったから」

「隠し子？」

「ああ」

シェリンはカリアから仕入れた情報を思い出す。

シュヴァイン辺境伯はバルトの兄だった。ところが、その兄は半年前に亡くなり、バルトが後継になったという。

若くとも威風堂々《いふうどうどう》たる人物として知られていた彼は、辺境伯領をたちまち支配下においた。

もともと辺境伯領は隣国オルタナとの国境沿いにあり、領民に尚武の気風があったのも大きかったのだろう。

軍務を嫌ったバルトの兄より、辺境伯領の中でも僻士《へきど》の防衛を担っていたバルトのほうが人々の信頼を勝ち得ていたという。

「……俺の母はオルタナの王女だった。オルタナの政変で辺境伯領に逃げたところを父と結ばれて俺を産んだが、産褥《さんじょく》であっけなく死んだそうだ」

バルトは淡々と言うが、シェリンは頬を引きつらせた。

（……もしも、それがベルーザの王家に知られたら、大問題になったはず）

オルタナは領地を削りあう敵国である。オルタナの血を引くことで、バルトは不利益を被ったかもしれない。

「俺はユーリの家に預けられて育てられた。そして、あなたと出会ったんだ」

「……そう」

「俺は力不足で、あなたを助けるのが、こんなにも遅くなってしまった。本来ならば、あなたの前にのうのうと姿をあらわせるはずもない」

悔いを滲ませてバルトは頭を垂れるが、シェリンの心はかき乱されるばかりだ。

ふたりの人生は分かたれた。それを再び結んでくれというには、あまりにも複雑な事情が横たわっている。

泥土のような疲労を覚えて、シェリンは肩を落とした。

(今は難しいことを考えたくない……)

この急激な変化に慣れる時間がほしかった。心に新しい状況を受け入れる余裕が、まだできていないのだ。

「シェリン、顔色がよくない」

バルトが心配そうに眉を寄せる。

シェリンはどきりとした。彼の気づきの早さに驚く。

「わ、わたくしは……」

「休んでくれ。用意した食事は部屋に運ばせよう」

シェリンは瞬間迷った。おそらく彼と晩餐《ばんさん》を共にするはずだったのだろう。甘えていいのだろうか。

しかし、身体の内によどんだ倦怠感《けんたいかん》は、なんともいえず重かった。シェリンは小さくうなずく。

「……お願いします」

「そうしよう。無理をするのはよくない。ところで、熱はないのか?」

バルトはためらいがちにシェリンの額に手を当て、熱を測っている。

大きな掌のぬくもりを感じながら、彼のそばは安全なのだとシェリンは実感した。

床を離れてから、シェリンの新たな日常がはじまった。

朝起きてから絹のローブに着替え、化粧をして髪を結う。朝食を摂ってから庭を散策すれば、温かな昼餐《ちゅうさん》が用意されている。午後は、刺繍をしたり、書をめくったりと趣味に時間を費やす。

夜はバルトと晩餐を共にすることが多く、その日も彼と同席した。

長い卓の上座にバルトが座り、彼の斜めになる位置にシェリンが座る。

この並びで座るのもひと悶着《もんちゃく》があった。初めてバルトと晩餐を共にしたとき、彼は聖女であるシェリンは自分の上だと主張し、上座を譲ろうとしたのだ。シェリンはもはや聖女ではない。そんな特別扱いは不要だと言い張り、なんとか断ったのだった。

「何か不足のものはないか？」

とろりとした蕪《かぶ》のポタージュを飲んだあとにそう訊《き》かれ、シェリンは首を左右に振った。

「不足などありません」

「遠慮しなくていい。率直な意見を聞かせてほしい」

バルトは真剣だ。今も曇りのない瞳でシェリンを見つめる。

「ほ、本当に困ってはおりません」

気恥ずかしくなって、あわててポタージュを口に入れる。

蕪だけでなく野菜の旨みが溶けたポタージュは味わい深く、スプーンを止めることができない。

一拍の間のあと、バルトが慎重に問いかけてくる。

「侍女はどうだろうか。カリアから、何人か辞めさせたほうがいいという意見があがっている」

シェリンは手を止めた。

『やっぱり魔女の世話をするなんて嫌だわ』

『あの紫の瞳を見ていたら呪われそうよ』

侍女たちの愚痴がたまたま聞こえたとき、シェリンの胸の奥は鋭い針で突き刺されたように痛んだ。魔女は憎まれ、遠ざけられる。わかっていたことなのに、心がきしんだ。

「……みなの意向を聞いてください。わたくしのそばにいるのを厭う者は、確かにいますから」

なるべく感情がこもらないように告げる。

「わかった。城の侍女をそのまま雇っていたのは失敗だった。聖女であるあなたの世話をする者たちだ。厳選して、礼儀をわきまえた者たちに担当させよう」

「……わたくしはひとりでもかまいません。自分の世話くらいできますから」

塔に閉じ込められていたときに、身支度はひとりでできるようになった。魔女のそばにいたくないと思う娘たちに無理をさせるのは忍びない——いや、自分が傷つくのが耐えられないのだ。現実の厳しさに向き合うことをシェリンは恐れている。

「あなたはこれからこの宮殿で暮らしていく。侍女は必要だ」

「ここに暮らす？」

シェリンは眉をはねあげた。復調したら、ここを出ていくものだと思い込んでいた。魔女が堂々と生きていく場所など、この世にはないのだ。

「そうだ。ここはあなたの城だ」

バルトの真剣な声音に、シェリンは面食らう。

「そんなこと、許されるはずがないわ」

「誰が許すか許さないか決めるんだ？」

バルトは静かに問う。

「誰って……みんなが……」

「あなたは不当に聖女の地位を追われた。俺がなすべきことは、あなたを元のとおりに聖女の地位に戻すことだ」

ためらいもなく言われ、シェリンは言葉を失った。

（できるはずがないわ……）

シェリンはすでに魔女になり、そのことは大っぴらに宣伝されたはずだ。

今や聖女への称賛は、フリアナのものなのだ。

「……戻れないわ。わたくしには、奇跡の力はもうないの」

シェリンは手を開いたり閉じたりした。

昔は、願えば花を咲かせることも、誰かを癒すことも、簡単にできた。

不思議なことに、聖女候補のときは奇跡の力をたやすく振るえる。願えば、祈れば、風を起こし、花を咲かせ、傷を塞げた。

ところが、それは一時的なもの。

本物の聖女になるための試練を受け、それを乗り越えなければ、かりそめの力は消えてしまう。そのとき聖女は魔女と化し、忌むべき存在となってしまうのだ。

「奇跡の力は、必ず戻る。俺が戻してみせる」

力強く断言され、シェリンは戸惑う。

「……あなたが？」

「ああ。だから、俺のそばにいてほしい」

バルトの声音にからかうような調子はみじんもない。

むしろ、思いつめているようで怖いくらいだ。

「……できはしないわ。わたくしは、あなたに迷惑をかけたくないの。しばらくしたら、出ていくわ」

シェリンはそっけなく言い放つ。

彼にかばわれたままではいけない。魔女の仲間だとバルトが思われては損になるはずなのだ。

「……あなたが俺のもとから去るというなら、地の果てまでも探さなければならないな」

執着をあらわにした発言に、シェリンはぎょっとする。

「もしも、あなたの逃亡に手を貸す者がいるなら、俺はそいつを殺さなければならない」

「な、なにを……」

「俺はあなたを助けられず、むざむざと苦しめた。こんどこそ、あなたを助けるし、助けたい。それを邪魔する存在は、消えてもらわないといけないだろう？」

バルトの目は死んだように感情がない。

抑揚のない声と相まって、迫力がすさまじかった。

「……だから、国王を殺したの？」

シェリンの異母兄――ベルーザ国王リオンは、銀狼伯が攻めてきた折に従者の扮装《ふんそう》をして逃亡を図ろうとしたらしい。だが、城門を抜けようとしたとき、守備兵と口論になったあげくに兵を殺そうとして、返り討ちにあったという。

いずれにせよ、その話はあっという間に都に広まった。みっともない死に方を民衆も嘲《ちょう》笑《しょう》の的にしているのだとカリアは教えてくれたが――。

「俺は国王を殺してはいない。国王は軽率だったから、自ら死を招いただけだ。しかし、手間がはぶけてよかった。生きて捕らえたら、殺すことに反対する者があらわれただろうから」

バルトは苦々しそうに言う。

いくらシュヴァイン辺境伯がこの国で有数の貴族であり、強大な軍事力の持ち主であるとしても、謀反の罪が軽くなるわけではない。王が生きていれば正統性は彼にあるわけだから、王が愚行によって自滅したと表現してよい状況は、都合がいいのだろう。

「なにより、俺のそばを離れられては困る理由がある。フリアナは逃亡に成功し、どこにいるかわからない。あの女を捕らえるまで、あなたの安全は担保されないと考えている」

「……フリアナは、わたくしの異母姉よ」

シェリンは無理に言葉を押し出した。

フリアナからは姉妹としての情を感じたことがなかったが、それでも身内である事実は変わらない。

「姉？　家族だというのか。あなたを虐待していたのに？」

バルトは怒りをはらんだ声で言う。

「……そ、それは……」

「フリアナは狡猾《こうかつ》な女だ。彼女を捕らえるまでは、とても安心できない。配下に探させてはいるが、いまだ吉報はない。勝手に城を出ないでくれ。俺のそばにいてくれ」

バルトは席を立ち、シェリンの前に片膝をついてシェリンの手をとる。

まるでおとぎ話の騎士か何かのような仕草だ。

「……わかったわ」

「ありがとう、シェリン」

己の額にシェリンの手を押し当てる。複雑な気持ちで彼を見下ろした。

（ここまでしてもらわなくてもいい……）

聖女ではない。それなのに、丁重に扱われると、気が引けるのだ。

ごまかすために食事を進めようとする。

「あの……席についてほしいの。次のお皿を運べなくて困っているわ」

部屋の隅に直立する給仕人をちらりと見る。厳しく教育をされた彼らは、用がない限りは動けない。

シェリンの懇願を聞き、バルトは即座に立ち上がった。

「気が回らずにすまなかった。まずは食事にしなければな」

生真面目なバルトは、椅子に座るなりシェリンを慰めるように言う。

「これまで食事には不便をしてきただろう。これからは、あなたが好きなものをなんでも言いつけてつくらせよう」

「そ、そんなことしてくれなくてもいいわ。魔女をそこまで遇するなんて、あなたが軽蔑されてしまう」

シェリンの制止を聞き、バルトは悲しげに眉を寄せる。

「……俺はいくらでも軽蔑されていい。あなたのためなら、どんな悪評でもかぶるつもりだ」

シェリンは唇を震わせてから押し黙る。

（そんなこと望んでいないのに……）

なのに、心がふわりと軽くなる。浅ましい、みっともないと己を叱咤しても、やはり浮き立ってしまう。

シェリンを大切にしてくれる存在がいることが、どうしようもなくうれしく思えてしまうのだ。

「シェリン？」

バルトは不思議そうな顔をしている。シェリンは緩みかけた頬を引き締めた。

「心遣いはありがたいと思っているの。でも、あなたに迷惑をかけたくない。すでに、わたくしのことで他の誰かから責められているのではと心配しているのよ」

シェリンの言葉を聞き、バルトはしばし放心したようにシェリンを見つめる。

「あの？」

「……シェリン。あなたの根っこは変わっていないんだな。昔と同じくやさしく思いやり深い」

しみじみと言われ、シェリンは赤面した。

「何を言いだして……」

「あなたが負担に感じない程度にあなたを大切にする。これでどうだろうか？」

バルトの発言はやはり根本的にシェリンの危惧を理解しているとは思えなかった。

それでも、シェリンは了承の意を示す。

「それでいいわ」

魔女である自分が解放されたことで、どんな結果が世に生じるのかわからない。

だが、解放されてしまったことは事実なのだから、今後の生き方を考えていくしかない。

（どうなるのだろう……）

不安と怖れはある。

しかし、バルトは味方でいてくれるという。

バルトが腕を伸ばしてシェリンの手を握ってくれる。まなざしは、シェリンの不安を拭うように温かい。彼の大きな手からも伝わってくるぬくもりは、まるでシェリンを励ましてくれているようだった。

数日後。シェリンは朝食のあとに散歩に出た。牢の中にいて、シェリンの足はすっかり弱り、長時間立ったり動いたりしているのがつらくなってしまった。

カリアからも足を動かす必要を説かれ、渋々ながら庭の散策に出るようになったのだ。出る前には半透明のベールをかぶった。この国では、敬虔《けいけん》な娘ならば外出時にベールをかぶるのは珍しくない。しかし、シェリンがベールをかぶる目的は、一枚しか花弁がない類の百合を隠すためだ。

冬枯れの木々の間に、常緑の低木が植えられている。低木は一定の高さに刈り込まれて、庭はきれいに整えられている。

その間をカリアと歩いていると、遠目に列をなす人々が見えた。

「あの人たちは、いったいなぜ宮殿に集っているの?」

たずねたシェリンに、カリアがほがらかに答えた。

「銀狼伯に陳情に来た者たちですわ。都だけでなく、地方からも続々と集っているそうですから」

「陳情?」

「先王は、地方からの意見を一切無視していたそうなんです。ところが、銀狼伯が政務を執るようになってから変わったんですよ。銀狼伯は、積極的に陳情をして、地方の困りごとを報告せよと通達したんですわ。そのせいで、みな都に集うようになったんだそうです」

カリアの説明に、シェリンは小さくうなずく。

「まだ即位をしていないのに、仕事をしているのね」

まじめだった彼らしいと感心するような、苦笑をしてしまうような複雑な気持ちだ。

（バルトが王として即位式を行うのは、秋だというのに）

今、バルトは国王代理という形で政務を執り行っている。

本来ならば、一刻も早く王として即位し、正統性を確保したかっただろう。

ところが、即位式を行えない理由があった。

ベルーザの国教である聖教の教皇が病没し、聖教会内部で教皇を選ぶ必要が生まれたらしい。

ベルーザの即位式は教皇が王冠をかぶせ、聖女が祝福の花びらを散らす独特のものだ。

それゆえ、新たな教皇が選ばれる秋までバルトの即位はお預けになったのだという。

（……聖女はどうなるのかしら）

当代の聖女はフリアナだ。ところが、フリアナは行方がわからない。

新国王を祝福する聖女はいないことになる。歴代の王の中で、聖女から祝福を受けられなかった国王はいるが、いずれも在位は短い。

（わたくしが聖女だったら……）

バルトを祝福できただろうが、魔女では無理だ。

（なぜ当代にかぎり、ふたりも聖女候補が生まれたのかしら……）

聖女候補は王女として生まれる。これまで聖女候補はその時代にひとりだった。

ところが、当代にはシェリンとフリアナというふたりの聖女候補が生まれた。

フリアナはシェリンの半年前に試練を受けて聖女になり、シェリンは試練を乗り越えられずに魔女となった。

シェリンは、バルトを祝福してやりたくともできないのである。

「先王も王女フリアナも国のことなんか一切考えていなかったんです。ふたりとも贅沢三昧で、フリアナはドレスや宝飾品をとっかえひっかえしているし、先王はろくに政務をせず、臣下とカードゲームやチェスにふけっていたと聞きます。あんな人たちより銀狼伯のほうがよっぽどマシですよ」

カリアが義憤をあらわにして言う。

シェリンは当惑するしかなかった。

「そうなの？」

「都でも、心ある者はみな言っています。銀狼伯が反乱を起こしてくれてよかったと。銀狼伯は、商人たちを集めては意見を聞いてくださるんですから。父も要望を聞いてもらったそうです」

カリアの父は名のある商人だ。カリアはもともと行儀見習いを兼ねて王宮に勤めだしたのだ。

「シェリンさまはご存じないかと思いますが、あのふたりのシェリンさまへのなさりようといったら、あまりにもひどいと一部の民は反発を抱いていたんです。王もフリアナも政《まつりごと》に熱心ならともかく、何もしないくせにシェリンさまを痛めつけていたんですから」

シェリンは目を丸くした。世の人々からはずっと憎まれていると思っていた。罵《のの》しられ、石を投げつけられていたからだ。

「貴族の中にも抗議する者がいたそうです。それなのに、あのふたりは聞き入れるどころか、ますますシェリンさまを惨たらしく扱って……。そのせいで、心ある者でも何も言えなくなっていたそうですわ」

「……知らなかったわ」

シェリンは呆然《ぼうぜん》として立ち止まる。シェリンが地下牢に入れられてからバルトに助けられるまで、およそ二年は経っていた。

その間、シェリンは心身ともに傷つけられ、自身は世に憎まれているのだと思い込んでいた。

だが、陰ではそのことに反発する人もいてくれたのだ。

「……すみません、シェリンさま。わたしもわたしの父も力不足で、お助けできず……」

シェリンはカリアをベール越しに見つめる。

「……王と聖女に抵抗できる人なんて、そうそういないわ」

カリアはためらいがちにうなずいた。

「バルトさまだけです。反旗をひるがえし、シェリンさまをお助けしようと動いたのは」

シェリンはこぶしを握り締める。

(バルトだけがわたくしを救ってくれた。それは当然だわ)

良心があったとしても、たやすくシェリンを救うことなどできなかったはずだ。

シェリンは災厄を招く魔女だと喧伝されていた。シェリンを助けて何か災いが起きようものなら、おそらく助けた人間のせいにされたはずだ。だが、精強な軍を従えているバルトは、そんな危惧を抱かなかったのだろう。

「シェリンさま。わたしやわたしの父……いいえ、シェリンさまを救わなかった方々を、赦《ゆる》す必要はありません」

カリアがシェリンをまっすぐ見つめて断言する。

「カリア？」

「銀狼伯がおっしゃっておられました。シェリンさまはお心に深い傷を負われているのだから、赦すという負担のかかることをさせてはいけないと」

「バルトがそんなことを……」

胸の奥がほんのりと温かくなる。

彼はシェリンを嘘偽りなく案じてくれているのだ。

かつての記憶が脳裏によみがえる。バルトと共にこの庭の端で語り合ったこと。彼のシャツのとれかけたボタンを縫い付けてやったこと、そんな他愛もないできごとを。

だが、追憶は足音によって途切れる。

通路の奥からあらわれたのは、藍色の軍装に白いネッククロスで首元を飾った青年だった。

金の髪に目尻が垂れた青い瞳。どこか人好きのする笑顔を浮かべて近づいた彼は、シェリンの前に右膝をついた。甘ったるい香りが鼻先をかすめた直後、すばやくシェリンの手をとってくちづける。

あまりにもためらいのない行動に、あっけにとられた。

「シェリンさま。お元気そうでなにより」

「し、失礼でしょう、いきなり！」

怒りだしたのはカリアだ。対して、青年は気を悪くするでもなくきょとんとした。

「え？」

「名乗りもせず、いきなり淑女の手をとるなど」

「ああ、そういうことか」

青年は立ち上がり、シェリンの手を離さぬまま顔を覗き込んできた。

「王女殿下。俺はクライブ・ファイハ・オルタと申します。挨拶が遅れて、まことに申し訳ない」

「オルタ公のご子息でいらっしゃるのね」

「さすが王女シェリン。俺のことをご存じだとは」

冗談めかした言い方に、シェリンは気が重くなりつつ答えた。

「……昔、覚えましたから」

オルタ公はベルーザの北方に領地を有する貴族で、王国内でも一目置かれている。

「メリア伯でしたか……」

カリアが気まずそうな顔をする。メリア伯はオルタ公の跡継ぎが保有する爵位である。

「ふつうの貴族ならば、侍女どのの無礼を咎めるところだ。しかし、俺は気を悪くはしておりませんよ。むしろ忠義な侍女をお持ちで安心した。なんといっても、王女シェリンは不当にも魔女と罵られ、塵芥《ちりあくた》のように扱われていたお方。味方がいるのかと心配していたんです。ところが、実際には怪しげな男が近づこうものなら牙を剝く側仕えがいるわけだ。こんなに理想的な侍女はいやしませんよ」

立て板に水とはかくやという勢いでしゃべっている。

シェリンは唖然《あぜん》とする。そもそも、クライブはなんの用でシェリンの前にあらわれたのか。

「あの、わたくしに何か用が……」

「用というか、お近づきになりたかったんですよ。俺の父は辺境伯の謀反を真っ先に支持しましたから、辺境伯に重きを置かれるのは当然です。しかし、俺はといえば、なんだか冷たくされていて、しょんぼりしているんですよ。だから、王女シェリンに支持していただければ、辺境伯の当たりもやさしくなるかなーと思っている次第です」

発言が一々軽薄だ。

シェリンはせめて手を離してもらいたいと思った。クライブがシェリンを摑《つか》む手にはやたらと力が入っている。このまま骨を折られるのではと不安になるほどだ。

助けを求めてカリアを見る。落ち着かない空気を感じてくれたのか、クライブに摑まれているほうの腕をそっと引いてくれた。

「シェリンさまはお散歩されているだけで、売り込みを聞きに出られたわけではございません。手をお放しくださいませ」

ぴしゃりと叱責され、クライブはシェリンの手を解放した。

「ああ、失礼」

「いえ……」

シェリンは首を小さく左右に振った。

(我慢しなくては……)

クライブはオルタ公の息子。オルタ公はバルトの味方なのだから、バルトの役に立ちたいと思うなら、クライブと関わっておくことは必要だろう。

とはいっても、正直なところクライブのような人間と接するのは苦手だった。調子がよすぎて、それが怖い。

かつて、シェリンを取り巻いていた人々もそうだった。シェリンにおべっかを言い、ことさらに持ち上げた。だが、シェリンが魔女になってから、彼らはすっかり変わってしまった。

シェリンに背を向け去っていった。それだけならまだしも、シェリンを笑いものにした。

シェリンは唇を噛む。悔しいというよりも悲しいのだ。信頼するのが怖い。信じて、手ひどく裏切られるのが恐ろしい。

クライブは大げさに胸に手を当てて腰を曲げる。

「王女シェリン。あらためて謝罪を。俺をあなたのお側に仕えさえてください」

クライブの微笑みは、ふつうの娘であれば頬を染めたくなるような魅力があった。

だが、シェリンはとっさにうなずけない。むしろ、警戒してしまう。裏があるのかと疑ってしまうのだ。

「……シェリンさまはお疲れですわ」

カリアが割って入ってくれる。それが天の助けのようにありがたく思えるのは、やはり疲労を覚えていたのだろう。

「仕方がないな。王女シェリン。どうか俺に次の機会を与えてください」

クライブに懇願され、シェリンはうなずく。

「わかりました」

「ありがとうございます。必ずですよ」

クライブは念押しをして去っていく。

がっしりとした背中は、ひとかけらの後ろめたさもないように堂々としている。

それが眩しく見えて、シェリンは思わず目をそらした。

数日後、視察に出るというバルトにシェリンは付き添うことになった。

都から馬車で三日の距離にある有名な保養地・イデアは温泉が湧き、病人が通う湯治場《とうじば》としても知られている。王家の直轄地でもあり、貴族や富豪が別荘を有してもいる。

シェリンは馬車の窓から外を見る。

丘を覆う草が芽吹きはじめ、落葉樹にも新たな葉が生えだしている。ミモザの群生は鮮やかだ。しかし、目を惹かれたのは一瞬で、すぐに胸がふさがれる思いになった。

四年前、ミモザが咲いているころのシェリンは聖女になるのだと信じていた。だが、その期待は打ち砕かれ、シェリンの頬の花びらは一枚を残して消え失せた。

「ミモザがきれいですね」

カリアが話しかけてくる。

「そうね。すごくきれいね」

声が自然と沈んでしまい、カリアが心配そうにする。

「どこか具合でもお悪いのですか？」

不安げなカリアを目にし、シェリンは罪悪感を覚えた。

「いいえ、大丈夫。問題はないわ」

なんでもないときなのに、カリアに気を遣わせてしまう。

シェリンがいつまでも心の傷を抱えているせいだ。

(どうしたら消えてなくなるのだろう)

石を投げられた恐怖、魔女になった羞恥、運命への無力さ——心の内側に深く刻まれ、治る気がしない。

「体調がよろしくないなら、どうぞ遠慮なくおっしゃってください。銀狼伯にお願いして、休憩を入れていただきます」

「ほ、本当に大丈夫なのよ。ちょっと気が塞いだだけだから」

あわてて彼女の危惧を打ち消す。彼がひとりで視察にきたならば、こんなにも時間がかかるはずがないというくらいにのんびりとした旅程なのだ。これ以上、遅らせるわけにはいかない。

「無理はなさらないでくださいね。シェリンさまはずっと牢に入れられ、肉体も心も痛めつけられていたんですから。ゆっくり休んで、調子を整えられることが肝要です」

カリアが手を伸ばしてきた。シェリンの手をそっと握る。

ぬくもりがうれしい。彼女の温かさに憂いが溶けてなくなる気がする。

「……ありがとう」

シェリンは万感の思いを込めて、彼女の手を握り返した。


イデアに到着したのは夕暮れどきだった。

シェリンはバルトと共に宿舎に入る。宿舎は灰白色の石で組み立てられ、清潔感がある。内部の壁紙はクリーム色で、花と蔦の模様が描かれ、木目の美しい調度品が置かれて居心地よく整えられている。

二階にある部屋から見下ろすと、イデアの中心街にはふんだんに明かりがついていた。

「あれは何？」

「今日は夜市が開かれる日らしい」

「……楽しそうね」

けれども、シェリンにその華やかさは関係ない。

部屋の中に閉じこもろうと思ったときだ。

「一緒に行かないか？」

バルトに誘われ、シェリンは目を丸くした。

「……わたくしも？」

「見たことがないだろう」

「そうね……」

都で祭りがあったときも城から見ただけだった。祭りの輪に入れるはずもなかった。王女という称号があったから。

「どうする？」

バルトにたずねられ、ベールの上から花びらを押さえる。

忌まわしい花だ。いっそ枯れてなくなってしまえばいいのに、未練たらしく一枚だけ残っている。

「ベールの上からならば、その花は見えないぞ」

バルトに指摘されて迷う。

明かりの下の賑わいに加わりたい気持ちと、それを避けて闇の静けさに潜んでいたいという気持ちと。

答えを探すようにバルトを見つめる。ベールの向こうの彼は穏やかな表情だ。

(ずっとこのままではいられない……)

いずれにせよ、いつかはひとりだちしなければならない。

だとしたら、人間を恐れずにいられるようにならなくては。

「……行くわ」

「よかった。気晴らしにはちょうどいいから」

そう言ってくしゃりと笑うさまは、かつて彼をランスと呼んでいたころを思い起こさせる。

ふたりが無邪気に語りあえたころを。

「……そのご衣装では目立ちますよ」

忠告してくれたのは、カリアだった。

「そうだな。確かに目立つ。無駄にな」

バルトは真顔である。

彼は美々しい軍装であり、シェリンは清らかなローブである。

「では、ちょっと小金を持った商人と奥さまという設定で着替えましょう」

カリアはうきうきしている。

先にバルトを追い出してシェリンを着替えさせた。生成り色のドレスには膨らみがなく、エプロンを重ねている。細々と働かねばならない若奥さまにはふさわしいし、清潔感がある格好だからベールをかぶっても違和感がない。

シェリンが退室し、次に招き入れられたバルトが出てきたときは、腰丈のシャツとジレ、ズボンとブーツという仕入れにきた商人といっても納得するような格好だった。

「……夫婦のようだな」

バルトが感動したように言う。

「でしょう？　ずっと思っておりました。おふたりは対になれると。お姿だけではありません。どこか似ていらっしゃるのです、周囲に人がいても孤高を保っていらっしゃるところが」

「……そうだろうか」

「そうかしら」

ふたりして顔を見合わせる。

「お似合いです。そう思いませんか、ユーリさま」

カリアがシェリンたちの背後に声をかける。

あわてて振り返るとユーリがいた。かつてバルトの主人と名乗っていた彼は、恭しくシェリンに頭を下げる。

「カリアどののおっしゃるとおりです。よく似合っていらっしゃる」

「……ユーリさま」

「ご挨拶が遅れて、まことに申し訳ありません。シュヴァイン辺境伯領の残務が終わり、ようやく陛下のもとに馳せ参じることがかないました」

ユーリの発言に、バルトは嘆息をつく。

「まだ陛下ではない。即位は秋だ」

「陛下とお呼びしても問題はありますまい。国王は横死し、聖女フリアナは行方不明。残る王族はシェリンさまのみ。陛下はこの国を統治する能力をお持ちです。加えて、お身体に流れるのは高貴な血。シュヴァイン辺境伯は三代前にベルーザの王女を妻に迎えたため、陛下は王族の血を引いておられます。加えて陛下のお母上は――」

そこでユーリは顔を伏せた。バルトのまなざしの厳しさに気づいたのだ。

「……失礼いたしました」

「ユーリ、おまえの忠誠心には心から感謝している。しかし、陛下と呼ぶのは、今はよせ。各地の貴族はまだ俺を認めていない」

「認めざるを得ないでしょう。辺境伯領の近衛兵団である黒狼軍は精強です」

黒狼軍はシュヴァイン辺境伯領の主力兵であり、常に黒の武装をしていることから名づけられた異名だ。

「それはそうだが、無駄に軋轢《あつれき》を生むのは好まない。様子見を気取った奴らには、俺に従うのが最善だと考えさせたいからな」

「……おっしゃるとおりです」

ユーリが感極まったようにバルトを見上げる。バルトはその視線をいったん受け止めてからシェリンの手を引いた。

「では、シェリン。行こうか」

バルトの手は大きい。加えて手の節々が硬いのは、剣の訓練をしているせいか。

心臓がどきりとする。顔も熱くなっている。

(よかった、ベールをかぶっていて)

頬が赤くなっていることは、おそらくバルトにはわからないはずだ。

カリアとユーリを引き連れ、バルトと手をつないで宿舎を出る。人の流れに乗れば、自然と中心街に向かっていた。

子どもの手を引くおとな、肩を寄せ合う男女、杖をつく老婆を支える息子。みな楽しそうに語らいながら中心街へと足を踏み入れる。

広い道には露店が並んでいた。

ワインとチーズを売る露店では、若者たちが馬鹿騒ぎをしている。ポプリを入れた香り袋を並べる店の前は、蜜のような甘い花の香りが漂っている。

玩具を売る店のそばでは子どもの笑い声と泣き声が響き、手品を披露する者の周囲には人垣ができている。

シェリンは目移りしてしまい、バルトに手を引かれるままに歩を進める。

そんな中、目を留めたのは髪飾りを売る店だった。

色とりどりのリボンと造花を使った髪留め。とくに深紅や橙色の薔薇を使った髪留めは華やかで、かつ薔薇が本物らしく、瞬時に見惚れる。

「シェリン、ほしいのか？」

露店の前ですっかり足が止まったシェリンにバルトが問う。

「い、いえ、別に、そんな……」

ごまかそうとするが、バルトは身を乗り出して髪飾りを眺めている。

「とてもきれいな髪飾りだな」

「そ、そうでしょう？　薔薇の咲き方が本物みたい」

シェリンの褒め言葉を聞き、店主らしき中年の女は上機嫌に笑った。

「この髪留めはね、とても人気の品なんですよ。奥さまに買ってさしあげるにはピッタリです」

「そうだな。記念にもなる」

「ええ、ええ！　お若いおふたりには記念の品が必要ですよ。今が一番楽しいときなんですから」

店主に言われて、頬がまたもや熱くなる。

「では、もらおう」

バルトがためらいなく言うと、背後を守っていたユーリがさっと前に出てきた。

ユーリが金を払ったあとに、店主は小さな布袋に髪飾りを入れて手渡してくれた。

シェリンは大事に胸に抱える。

「……どうもありがとう」

「礼は不要だ。あなたのためなら、なんだって手に入れる」

バルトの声は真剣だ。

「どんなものでも、どんなことでも。あなたのために俺は動く」

とっさに何も言えず、シェリンが黙りこくったとき。

横合いから幼児を抱えた若い女があらわれた。

そばかすが目立つ若い女が抱く幼児は真っ青な顔をしている。唇は色を失い、眉を寄せて苦しそうだ。

「銀狼伯とお見受けします！」

周囲のざわめきをものともせず、女は決死の形相だ。

「聖女さまをお連れのはず。どうかこの子をお助けください！」

女が抱いた幼児は、ぐったりと目を閉じている。

ユーリが一歩前に出て、女とシェリンたちとの間の壁になる。

「ご婦人。銀狼伯は私的な時間を過ごされている。申し訳ないが、あなたの要望は明日イデアの庁舎で聞こう」

ユーリの制止はどこか冷たく聞こえてしまう。

それもあってか、女は子どもを胸に抱いて涙を流しだした。

「この子は心臓が悪く、お医者さまには見放されてしまったんです。どうかお助けくださ い。銀狼伯のおそばには聖女さまがいらっしゃると聞きます。魔女とされていたのは嘘で、本当は聖女さまだという噂を聞きました。どうか……どうか、この子をお救いくださいませ！」

シェリンの呼吸が一瞬止まる。

（わたくしが……魔女ではなく、聖女？）

女はシェリンに身体を向けた。

ベールの下からでもはっきりとわかるほど、一心に見つめてくる。

「……あなたが聖女さまではございませんか？」

震える声で放たれた質問に、シェリンはとっさに言葉が出てこない。

（わたくしは違う……）

聖女ではない、魔女だ。けれど今、胸の奥が乱れに乱れる。

（わたくしが聖女なら……）

苦しそうに胸を上下させる子を助けることができるのに。

シェリンは顔を歪《ゆが》める。何もできないことが、誰の役にも立たない自分が、憎くてたまらない。

「この方は俺の客人だ。ご婦人、あなたの苦境はわかる。このイデアに名医がいる。俺が紹介しよう」

バルトの言葉は誠実だ。彼はできないことをできるとは言わない。

だが、女はあからさまに肩を落とし、落胆した様子だ。それでも懸命に顔を上げ、バルトに食いさがる。

「……どうか、聖女さまにお力を借りることはできませんか？　ほんの少しでいいんです。寿命を伸ばしてくれとは申しません。せめて、苦しみを取り除くことはできませんか？」

懇願を聞き続けているのがつらかった。シェリンは背を向けて、人込みに逃げ込む。

「シ――」

バルトの呼びかけが聞こえるが、足を止めずに歩幅を大きくする。

（逃げたい……）

ここから、いや、自分が無力であるという現実から逃げてしまいたい。

必死に足を動かすシェリンの瞳を涙の膜が覆う。

シェリンは嗚咽が漏れぬように歯を食いしばり、懸命に足を動かした。

辿りついたのは、イデアの中心地から離れた川辺だった。

川からは白い湯気があがっている。温泉の湯が川に流れ込み、さらさらと流れる水音が心地よい。

シェリンは手近な岩に座り、川面を見つめる。月が大きく丸く輝き、水面に映る月も白く明るい。

水の匂いがした。深く呼吸をすると土の匂いもする。

「シェリン、ここにいたのか」

シェリンの横に立ち、バルトが大きく息を吐いた。呼気を乱しているのは、シェリンを探していたためだろうか。

「……ごめんなさい」

「なぜ謝る。あなたが謝ることは何もない」

シェリンはいったん唇を鎖《とざ》してからおそるおそる問いかける。

「さっきの方は？」

「彼女の夫が連れて帰った。ご婦人はだいぶ参っているらしい。子どもの病が悪化するばかりだからだそうだ」

バルトは大きくため息を吐く。

シェリンは己の掌を見つめて肩を落とした。

「……助けてあげたいの。でも、わたくしでは無理。魔女だもの。お姉さまを……聖女フリアナを探して。お姉さまならば助けられる」

「フリアナはあの母子を助けるような人間なのか？」

バルトの声には怒りが宿っていた。シェリンは押し黙る。

(……わからない)

いや、本当は知っている。おそらくは助けないだろう。

フリアナが奇跡の力を振りまいていたという話を聞いたことはない。

「フリアナは聖女と崇められながら贅沢三昧だったと聞いている。彼女がその力を使うのは、誰かを助けるためでなく、人に見せつけて威圧するときだけだ」

「……あなたは遠くにいて、お姉さまがどんな方か知らなかったでしょうに」

「噂がいくらでも届いた。シュヴァイン辺境伯領にも。俺が追い払われた辺境伯領の果てにも」

シェリンは自然と下を向いていた顔を上げ、彼を見つめる。

「辺境伯領の果て？」

「俺は兄上に煙たがられて……いや、はっきりいって憎まれていた。だから、国境を侵すオルタナを撃退する役目を負わされていた」

「なぜ憎まれていたの？」

シェリンの質問に、バルトは醒めた目をした。

「父上の期待が俺のほうにあったからだろう。兄上は辺境伯の爵位を継いでから、俺を辺土に追いやり、戦死することを切望した。残念ながら、俺は死ななかったが」

「バルト……」

シェリンは彼を切なく見つめたあとに、自嘲の息を吐いた。

「一緒ね。わたくしもお姉さまに憎まれていたわ」

「なぜ？　あなたは俺と違う。やさしくて、諍《いさか》いなど望んでいなかっただろうに」

「……わたくしは公妾《こうしょう》の娘だったのに、お父さまに王女の称号を授けられた。王女は正式な結婚をした王と王妃の間に生まれた娘に授けられる称号よ。わたくしは特別扱いを受けた。お父さまがお母さまを心から愛したから。でも、王妃さまやお姉さまたちは納得しなかった。それどころか、お怒りだったと聞いたわ」

母・エルメは没落した貴族の生まれだった。名前だけは貴族だが家は困窮し、宮殿に女官として勤めていた。

エルメは慎ましく控えめで、目立たぬように過ごしていたのに、よりによって国王に気に入られて男女の仲になった。エルメは公式に認められた寵姫《ちょうき》となったが、フリアナたちの母である王妃には蛇蝎《だかつ》のごとく嫌われた。フリアナが聖女になったあとに薨去《こうきょ》した王妃は、エルメへの呪詛を吐き散らしながら死んだという。

「わたくしがふつうの娘だったら、母がもてはやされることはなかったと思うの。わたくしが聖女候補だったから、特別扱いされてしまったのよ。母はよけいな心労を負わされた。わたくしが魔女になってからは、立場もなくなって……」

シェリンはうつむいて涙をこらえる。

魔女になってから、エルメは公妾の地位を追われ、フリアナ付きの女官となった。エルメは虐待され、フリアナはことあるごとにエルメを鞭《むち》うっていたという。エルメはシェリンが牢に入ってすぐに亡くなった。

「……お母さまが亡くなったのは、わたくしのせい。わたくしが魔女になったから……。聖女になれたら、お母さまは死なずにすんだ」

さっき出会った母子を救うこともできた。シェリンは何もできない。あまりにも無力だ。

シェリンはベールの上から右頬を押さえた。

この花が憎い。いや、聖女になれなかった自分が憎いのだ。

黙ってしまうと、夜の静けさが覆いかぶさってくるようだ。バルトがだしぬけに質問をした。

「シェリン、訊いてもいいか。シェリンはなぜ魔女になったんだ？」

シェリンは身を固くした。あのときのことを思いだすと、心臓が握りつぶされたような恐怖を覚える。

「……わたくしは、試練を乗り越えられなかった……。奇跡を起こせなかったの」

聖女候補が聖女になるためには、都の郊外にある歴代の聖女を祀る廟《びょう》で試練を受ける必要がある。

十四歳になったその日、シェリンは初めて聖女廟に足を踏み入れた。

深い森に抱かれた聖女廟は巨大だ。白亜の石を組み合わせて建てられ、聖女が奇跡を起こす瞬間を浮き彫りにした彫刻が壁を延々と飾っている。中に入れば、果てがないほどに思える高い天井の下に黒々とした闇が広がっていた。聖女候補以外でここに入った者は生きて出られないと巷間《こうかん》でささやかれ、誰も入ろうとはしない空間だった。

ひとりで中に入ったシェリンも、恐怖に襲われて身震いを止めることができなかった。

聖女廟の最奥には、聖女の棺が並んでいた。

そこに辿りついたシェリンは、濃密な百合の香りを嗅いだ。くんと小鼻を鳴らした直後、すぐそばに幻影がいた。

首のない女たちがシェリンを取り囲んでいる。百合の香りを覆いかくす生臭い血の臭いに、吐き気を催した。

中のひとりがシェリンの手を取って短刀を握らせようとした。

『誰、誰、誰、おまえが大事なものは誰？』

『殺して、殺して、殺さなきゃ。聖女になりたければ、殺さなきゃ』

『命の根を切って。切って、切り落として。そうしなければ、おまえが枯れる』

『腐れる、腐れる。根が腐れちゃう』

頭がない女たちが口々にささやく。

シェリンは、恐怖のあまりに立ち尽くしていた。

逃げたくても足が震えて、その場にくずおれてしまいそうだった。

『どうしたの、どうして、なぜ？』

『捨てて、壊して、言って』

『殺して、言って、早く』

首のない女たちがシェリンを中心に輪になっている。

顔がないにもかかわらず、シェリンは彼女たちの表情が見えるようだった。

みな怒りと恨みを顔に浮かべている。

聖女という祝福に満ちた響きとすべてが違っていた。呪わしく、恐ろしく、おぞましかった。

『だめね、だめ、これはだめ』

『弱い、つまらない、いけない娘』

『ああ、だめね、今はだめ』

女のひとりがシェリンの右頬を撫でる。ひんやりとした冷たい感触。シェリンは頬を押さえた。痛みがあった。それから、血が流れていくような感覚を覚えた。

風もないのに女たちのローブの裾がひるがえり、忽然と消えた。シェリンだけが残され、物音すらしない。

それから、しばし記憶は途切れている。

次の瞬間、父王がシェリンの肩に手を置こうとして――火に直接触れたようにあわてて手を離した姿があった
『シェリン。おまえは魔女だ。呪われた魔女は、もう表の世界にいてはいけない。おまえは隠れるんだ。人前に出てはいけない』

母はハンカチーフに顔をうずめて泣いていた。呆然とするシェリンに、フリアナが近づいてきた。彼女の頬には五枚の花弁を持つ満開の百合が咲き誇り、唇には嘲《あざけ》りが浮かんでいた。

『死んじゃえばいいのにね。おまえには生きている価値はないのよ』

いつもだったら、父が庇《かば》ってくれただろう。だが父は黙っていた。母は肩を震わせて泣

き続けるばかりだった。

『シェリン、呪われた娘。おまえは魔女。災厄を呼び、死を招く女よ。わたしとは違うの。残念ね』

フリアナの目はギラギラと輝いていた。地上をちょろちょろ走る鼠《ねずみ》を狙う鷲《わし》の目だった。取り巻きの貴族たちが一歩引いているのがわかった。いつもだったらシェリンに向けられる温かな視線はなく、みな目を背けて見ないようにしている。空気は冷ややかで、シェリンの血も凍ったようだった。身じろぎすらできない。

『鏡を持ってきて。映してあげるのよ、シェリンを』

フリアナの侍女が手鏡を持ってきた。顔の前にかざされた鏡に映る右頬には、百合の花びらが一枚だけ残っている。

『それが魔女の証。聖女になれなかった女の末路よ』

フリアナが周囲に聞こえるように言い聞かせる。

シェリンはフリアナを見つめた。フリアナの頬に咲く百合の花。それは彼女に栄光を約束するだろうが、花びらが落ちたシェリンの百合は没落の証だった。

『さあ、シェリンを閉じ込めるのよ。この世に不運と不幸をもたらす邪悪な女なのだもの。明かりの差す場所に置いていちゃいけないわ』

その命令は、シェリンが幸せな世界から切り離されるとどめになったのだ――。

話を終えると、バルトは小さくつぶやいた。

「……そうか。やはり――」

「バルト？」

「あなたはやはり百合の花を奪われたんだ。聖女であるべきなのに、正当な地位を失ってしまった」

「……そんなことない。わたくしは勇気がなかったの。怖気《おじけ》づいたのよ、あの幻影の聖女たちに」

首のない女たちは、おそらく歴代の聖女だったのではないかと推測をしていた。

次の聖女を選ぶためにあらわれる彼女たちに圧倒された時点で、シェリンは試練に打ち勝てなかったのだ。

バルトは右膝をつき、シェリンと視線を合わせた。

「シェリンは聖女になりたいのか？」

バルトのまなざしは真摯だった。からかう様子もない。

「……わたくしは魔女よ。聖女にはなれないわ」

シェリンはうつむいて答える。

人々に祝福ではなく災厄を振りまく魔女。いったいどうしたら聖女になれるというのか。

「もしも、聖女になれるとしたら……戻れるとしたら、どうする？」

重ねて問われ、シェリンは当惑した。

(わたくしは、どうするのかしら……)

シェリンは自分の手を膝の上で広げる。

己の手には奇跡を招く力が宿っていた。花を咲かせ、霧を払う不思議な力があった。

(力があったなら、あの母子を助けられた)

子の肉体を癒して生きる力を宿し、母を笑顔にしただろう。

だが、今のシェリンは魔女だ。力のなさに失望し、闇に逃げ込もうとする情けない人間だ。

聖女だったら、堂々と陽の差す道を歩けただろうに――。

「……わたくしは聖女になりたい。戻れるなら、あの日に戻って試練に打ち勝ちたい」

みっともない告白を聞いても、バルトはあざ笑ったりしなかった。

シェリンの両手を握ってから言う。

「俺があなたを聖女にする」

「何を言って……」

「俺があなたを聖女にする。本来の地位を取り戻させる」

「バルト……」

シェリンはとっさに言葉を失った。

そんなことは不可能だと否定をするべきだったのに、月明かりの下で輝く彼の瞳には嘘がなさそうで、何も言えなくなる。

「だから、ひとつだけ頼みを聞いてほしい。俺の花嫁になってくれ」

シェリンは目を見開いた。とんでもないことを言っているという自覚はあるのだろうか。

「わたくしは魔女よ。妻にするなんて、そんな……」

「いつかあなたを娶《めと》るのがランスの夢だった。図々しい頼みだとわかっている。弱みに付け込んでいると思われてもかまわない。それでも、あなたを花嫁にしたい。どうか俺の願いをかなえてくれないか」

バルトのまなざしも表情も冷静だ。しんと静まり返って、およそ熱情のようなものを感じられない。

けれど、彼の手は驚くほどに温かだった。シェリンを守りたい、助けたいと告げてくるようだった。

「……わたくしをおぞましいと思わないの？」

「おぞましい？」

「わたくしは魔女よ。わたくしと一緒になって、いいことなんてひとつもない。それなのに妻にするなんて――」

シェリンの忠告は中途半端に終わる。バルトがすばやく唇を塞いできたからだ。それがくちづけだとわかったのは、彼が唇を解放してくれたときだった。

「呪われるというなら、今呪われたはずだ」

淡々と言われ、頬が熱くなる。

「な、何を馬鹿なことをするの」

バルトの唇はやわらかかった。その感触が脳内に甦《よみがえ》り、耳の先まで熱を帯びる。

「損得であなたを花嫁にするわけではない。あなたが何よりも大切だからだ。誰よりも尊いあなたを再び聖女にする。そのために、俺はここにいるんだから」

切々と告げられ、シェリンは迷った。

(意味がわからないわ……)

聖女に戻したいから妻になってくれとは。

結婚と聖女がどうしてつながるのか疑問だ。けれども。

シェリンはぎゅっと唇を引き結んだ。ずっと怯えてどこかに閉じこもっていても、何も変わらない。本当に聖女に戻れるかわからないが、彼と結婚するという変化がもたらすものを知りたかった。

「……バルト。あなたの求婚を受け入れます。わたくしをあなたの妻にしてください」

「シェリン」

バルトはシェリンを抱きしめてきた。力強い腕と胸がシェリンを閉じ込める。

閉じ込められるのは嫌いなはずだ。それなのに、嫌ではなかった。怖いとも思わない。

ただ、胸の奥が絶えず揺れているようだった。風に揺られる花のように震えているのだ。

「大切にする。俺があなたを愛していることを、あなたがはっきりと自覚できるくらいに」

バルトはいったん身体を離して言う。その目はどこか寂しく、シェリンは首を傾げる。

「バルト？」

やわらかな微笑みを浮かべて、バルトはシェリンの肩を撫でる。

「帰ろう。身体を冷やす」

「……そうね」

立ちあがると、バルトがシェリンの傍らを守るようにすぐそばにいてくれる。

指と指をからめるようにして手をつなぎ、シェリンは彼を見上げた。

バルトは微笑む。その笑顔にかつてのランスの笑顔を重ね、シェリンは切なくなりながら彼と歩きだした。

三章　愛の交歓

バルトは、都に帰ってすぐにシェリンとの結婚を公表しようとした。

シェリンは説得をしてそれを止めさせた。

バルトは簒奪を成功させたばかりで、国内はまだ治まっていない。その上、魔女であるシェリンを妻にすると発表したのでは、彼の評判に傷がつくと案じたのだ。

そんな騒動が落ち着いて十日ほど経ったあと。

鏡台の前で髪を梳かれていると、カリアがまたもや蒸し返してきた。

「銀狼伯は意気地なしですわ。シェリンさまに言われるがままに婚約の発表をおやめになるなんて」

「あわてなくてもいいと思うのよ。謀反の余波は続いているのだから」

シェリンはカリアをたしなめつつ己の顔を見つめる。鏡に映る頬の百合。一枚だけ咲くさまは、何ひとつ変わっていない。

(わたくしを妻にするなんて、やめたほうがいいことだもの)

正直なところ、魔女を妻にするのは政治的に失策だろう。むしろ、シェリンを火刑に処すなどして災いの根を絶ったとでも公表したほうが人々から支持されそうなのに。

「でも、シェリンさまの地位を保つためにも、早い発表のほうがよろしいのではありませんか？」

カリアは熱心にシェリンを口説こうとする。反対をしているのがシェリンだからだろう。

「即位してからでいいわ。まずは国王代理としての地盤を固めてからでも」

シェリンが慎重な態度を崩さないのを理解したからか、カリアはうなずいた。

「なるほど。シェリンさまは思案の上でお決めになったんですね。でしたら、いったん引き下がります」

「いったん？」

「状況が変わり次第、早期の公表を推奨したいという立場ですので」

カリアはすまし顔でシェリンの髪を梳く。ちょっとだけあきれもするが、同時に感謝もした。

（カリアは味方だわ）

我が身の状況の極端な変遷により、誰を信じていいかわからないという悩みは消えない。心の奥底では、人を信じることに怖さを感じている。

だからといって、手当たり次第に疑うわけにもいかない。そんなことをしたら、シェリンに落胆した人々はたやすく離れていくだろう。

そんな中で、カリアは無条件に信じられる人だった。そう思えるのがとてもありがたい。

「それにしても、銀狼伯が自ら反乱の鎮圧にあたらねばならないなんて、嘆かわしいことです」

カリアはため息をついている。シェリンも同意するしかない。

「そうね。他に兵を指揮してくれる人がいればいいのだけれど」

「わたしがユーリさまに同じことを申し上げたら、黒狼軍は銀狼伯さまの命令にしか従わないらしく……。忠誠心は篤《あつ》いそうなのですが、行き過ぎも困りものですよね」

カリアの意見を聞きながら、シェリンは彼を送り出した日のことを思い出す。

五日前だった。黒の軍装をまとう兵と同じように、彼もまた全身黒一色だった。黒い軍服の銀のボタンは鈍く輝き、彼の威厳にいっそう重みを加えていた。

『黒はいいんだ。血が染みついても、目立たないから』

着替えを手伝うシェリンに、バルトは物騒なことを告げた。

『そんなことを言われて、安心すると思うの？』

シェリンがネッククロスを結びながら睨《にら》むと、バルトはなぜかうれしそうにした。

『心配してくれるのか？』

『当たり前でしょう。心配で、夜も眠れないかもしれないわ』

『それは困る。ぜひ寝てくれ』

バルトはどんな格好をしていても美しいが、黒の軍装はとりわけ男らしく魅惑的だった。

彼はシェリンを抱き寄せ、額にそっとくちづけた。バルトの身体からは、軍装に不似合いなミントの香りがした。

『すぐに帰る。反乱を治めれば、しばらくはあなたとゆっくり過ごせるはずだ』

バルトはシェリンの手に指をからめる。シェリンも同じように自分の指をからめた。バルトの指がシェリンの肌をなぞる。離れがたいような仕草に、胸の奥が痛くなった。

バルトを見送って以来、心のまんなかにずっと彼がいる気がする。

無事に戻ってきてほしいと願っている。不安は尽きない。

「バルトは反乱の首謀者のサルディナ伯爵と話をしたいと言っていたわ。話し合いで解決したいのでしょう」

自分に言い聞かせるように口にすると、カリアは鼻息を荒くした。

「シェリンさまは大甘ですわ。サルディナ伯は、先王とフリアナに従って領地に重税をかけていた屑《くず》ですもの。叩きのめしたほうがいいに決まっています」

カリアは義憤にかられているようだ。シェリンはついなだめてしまう。

「味方を増やしたほうがいいわ。穏便に解決できるなら、そのほうがいいのだから」

「あてにならない味方なんか、敵よりも信用なりませんわ」

カリアはシェリンの代わりとばかりに不満を吐きだす。

そこに侍女がやってきた。

「王女さま。メリア伯がお待ちです」

「わかったわ」

メリア伯ことクライブはシェリンが招いていた。招いたくせに待たせていては、彼に不快な思いをさせるだろう。

「カリア」

「急ぎます」

カリアはシェリンの黒髪を手早くまとめあげ、バルトから贈られた造花の薔薇の髪飾りでシェリンの髪を彩る。

袖を通したのは襟のつまったドレスだ。装飾は少なめだが、裾の襞《ひだ》の重なりで美しさを演出している。

ベールをかぶって部屋の外に出れば、廊下の壁にクライブがもたれていた。体格のいい彼は、シャツに濃紺のジレと上着を合わせ、長い足を持て余すように伸ばしていた。

「王女シェリン。今日もベールをかぶるんですか」

シェリンが彼の前に立つと、いきなり手をとって甲に唇を落とす。止める間もないほどすばやい。

「……みんなを怯えさせたくないの」

「堂々となされればよろしいのでは？」

クライブはにやっと笑う。白い歯を見せる様子は屈託がない。

(できたら苦労しないわ)

心の中でつぶやいたときだった。カリアが眉を寄せてクライブに迫る。

「メリア伯。失礼でしょう」

「侍女どの、そう怒らないでくださいよ。笑ってください。美人が台無しだ」

「よくもまあ心にもない褒め言葉を口にできますこと。軽率すぎるでしょう!」

クライブが肩をすくめ、困ったように眉尻を下げた。そうすると、控えている侍女たちがうっとりと彼を見つめる。クライブは女好きのする顔なのだ。

「王女シェリン、侍女どのをなだめてくださいよ。吼《ほ》えるのをやめろって」

「わたしのことを犬か何かと勘違いなさっておられますか?」

「カリア、ありがとう。わたくしは気にしないわ」

「でも……」

カリアは悔しそうにしている。彼女はシェリンのためにもきつく抗議しなければと考えているようだ。

「養育院に行かなくてはならないのに、こんなところでもたもたしていられないわ」

シェリンが諭すと、カリアが不本意そうにうなずいた。

「仕方ありません。参りましょう」

「じゃ、行きましょうか。俺がお送りいたします」

「メリア伯、よろしくお願いします」

シェリンがきちんと頭を下げれば、クライブはいささか面食らったようだが、すぐに真顔でうなずいた。

「もちろんです。銀狼伯にも王女シェリンを守れと命じられましたので」

「バルトが……」

自らは厳しい戦いに赴くというのに、バルトはシェリンのほうを気にかけてくれる。

うれしくも申し訳ない気持ちになりながら彼の案内で外に出る。

待ちかまえていた馬車にカリアと一緒に乗ったあと、馬車は軽快に動きだした。

馬車の前方は馬に乗るクライブが守っているだろう。

「メリア伯はふざけた方ですわ。シェリンさまをからかうなんて」

屈辱を噛みしめているようなカリアを落ち着かせる。

「わたくしは気にしていないわ。メリア伯は、オルタ公と違って気さくな方なのでしょう」

バルトが出立《しゅったつ》する前にオルタ公と話している姿を見た。どっしりとした巌《いわ》のような中年男で、いかにも武人らしかった。

クライブは父親とまったく似ていない。軽やかに他人の懐に入ろうとするさまは、近寄る人間を拒絶するかのようなオルタ公の厳めしいまなざしとは異なっている。

「メリア伯はあまりにも礼儀を軽んじていらっしゃいます。……いえ、シェリンさまを軽んじていらっしゃるのではないかと危惧しております」

カリアが眉を寄せている。彼女の忠誠心は、一途すぎて少々怖いくらいだ。

「メリア伯が何か危害を加えるならともかく、あの方の態度は緩すぎるだけのように思えるわ。そんなに気にしなくてもいいと思うのよ」

シェリンのとりなしを聞いても、カリアは納得できないようだ。

「でも……」

「メリア伯はオルタ公のご子息で、バルトの味方になってくれる方よ。それに、今回もわたくしの依頼を聞き入れてくれたわ。多少の不満があったとしても、こらえるべきよ」

考えを説明すれば、カリアはやっとうなずいた。

「……かしこまりました。シェリンさまの御心にかなうようにいたします」

「そうしてくれるとありがたいわ」

ベールを少しめくってシェリンは微笑んだ。カリアは神に祈るように手を組み、瞳を輝かせる。

「シェリンさま。いつもとは申しません。お心が晴れたときには、そのように笑ってくださいませ。わたくしが救われます」

「そ、そう？」

笑っただけで救われるとはどういうことだろう。

だが、シェリンは戸惑いを押し殺してうなずく。

カリアはシェリンを守ろうとしてくれる侍女で、信頼に値する。

そういう人を大切にできないなら、敵が増えていくだけだ。

（少しでもバルトの助けになりたい）

バルトが国王代理になってから、春の嵐に倒される小麦のように彼を支持する貴族が増えてきている。

しかし、貴族たちが本心では何を考えているのかはわからない。そんな人たちの間にいて、バルトは平気なのだろうかと心配だった。

バルトがランスと名乗っていたとき、家庭教師から課されていた課題について彼に相談したことがあった。ベルーザ王国の成り立ちにまつわる問題だった。王家の祖が、仲間と共に戦に勝って建国をしたという伝説から得られる教訓を答えよというものだった。

シェリンはよくわからずランスに相談した。模範的な答えを教えてくれたあと、ランスは苦笑いを浮かべた。

『味方はユーリさましかいないから、今の僕には建国なんて無理だろうな』

変声期を過ぎた穏やかな声で、彼はそう言った。

『特に故郷は当てにならないんだ。兄と仲が悪くてね』

真顔で言う彼の手をそっと握った。

あのとき、彼の気持ちが痛いほどわかると思った。シェリンは姉であるフリアナと兄であるリオンから嫌われていたから。

『いつか見ていなさいよ。おまえの栄華を壊してやるから』

フリアナからは、そうささやかれた。

『おまえみたいな卑しい血を引く娘が妹とは……。そばに近寄るな。貧民の臭いが染みつく』

リオンからは、冷たい目で罵られた。

母は大切にしてくれたが、今思えば政治的な力はなきに等しかった。王妃に気を遣い、高貴な貴族の間で居心地が悪そうにしていた。

父王は政務に忙しく、シェリンばかりにかまけてはいられなかった。

シェリンはたくさんの人に囲まれていたが、内心では孤独だったのだ。ランスとは境遇が似ている気がして友情を感じていた。

今のバルトはあのときとは違うのだろう。部下の信頼を勝ちとり、オルタ公のような協力者を得て、この国の支配者になった。

（バルトはわたくしみたいに悩んだりしないわ）

シェリンは周りの目におびえていて、自分でもこの欠点を熟知している。

これは魔女として扱われた後遺症だから、容易に消えてはくれないのだともわかっている。

だからこそ、己の欠点の手綱を握らねばと自覚していた。

（メリア伯は味方になってくれるかもしれないもの。彼にはきちんと応対しなければ）

それがバルトの助力になると考えている。

馬車が養育院に到着する。シェリンはクライブの手を借りて馬車を下りた。

養育院を見学し、修道女たちから不足のものを聞く。むろん、ベールをかぶったままだ。

「布地があれば助かります。子どもたちはすぐに成長しますし、遊んでいるうちにだめにするのです」

「わかりました。布地ですね」

シェリンはうなずく。

「布団もボロボロで、子どもたちがずっと古いものを使いまわしている状態です」

「では、新しいものを届けさせましょう。……ところで、部屋を見せていただけますか？」

「もちろんです」

修道女に案内されて部屋を確認していく。部屋はなんともいえず埃っぽかった。汗と体臭がこびりついた臭いがして、カーテンなども退色している。

(掃除も行き届いていないようだわ……)

それとなく注意をしたほうがいいだろうか。考えるといくぶん気が重くなるが、支援をすることで改善させようと考え直す。

宿舎から庭に出ると、子どもが遊んでいた。男女ともに元気いっぱいで、無邪気に声を出して笑いあっている。

「みな、集まりなさい」

修道女が厳しく命じると、子どもたちはシェリンたちの前に素直に集合する。

一番大きな子で十代はじめくらいだろうか。一番小さいのは赤ん坊で、その子を少年があやしている。

修道女は刺々しい声音で話しだした。

「よくお聞きなさい。こちらは国王代理であるシュヴァイン辺境伯のお付きのお方。なんでも辺境伯が援助をしてくださるそうで、その下見にお越しになられました」

子どもたちは不思議そうに顔を見合わせている。

そんな子どもたちに、シェリンは穏やかに声をかけた。

「ほしいものがあったら教えて。辺境伯さまにお願いして届けます」

「僕は動く犬のおもちゃがほしい!」

小さな男児が無邪気に手をあげる。

「わたしはお人形がいいなぁ」

金の髪をうなじで切りそろえた女児が対抗するように言う。

ふたりの発言が契機となって、子どもたちが次々にほしいものを主張する。

甲高い声が重なって、何をほしいと言っているのか聞こえない。

「あの、ひとりずつ言ってほしい――」

シェリンの懇願は、幾重にも重なる声で覆い隠される。

修道女が手をパンパンと叩いた。

「静まりなさい！　あなたがたはそんなつまらないものばかりほしがって……！　聖書は？　紙は？　羽根ペンは？　学ぶためのものや生活に必要なものを頼みなさい！」

修道女が叱責するが、子どもたちが口々に叫ぶのは、相変わらず自分がほしいものだ。

「蜂蜜のケーキがいい！」

「僕は胡桃がのった焼菓子がいいなぁ」

「白くてやわらかい小麦のパンを食べたい！」

「そんなものよりおもちゃがいい。新しいぬいぐるみで遊びたい！」

「寒いときに着る上着がいいわ。すりきれて薄くなっちゃったの」

「わかったわ。全部そろえられるかはわからないけれど、できるだけ用意しますから」

シェリンは笑いをこらえて言った。

子どもたちのあどけない要求をかなえてあげたいと切に思う。

「お姉さん、本当？」

「お姉さん、ありがとう」

子どもたちのまっすぐな瞳がシェリンを射貫き、胸の奥がかき乱される。

（わたくしが聖女だったら……）

きっとこのまなざしを誇らしく受け止めただろう。そもそもベールもつけずにこの子たちと笑いあえたはずだ。

（考えるだけ無駄なことなのに……）

シェリンは、苦いものを噛みしめながらも気を取り直してうなずく。

「お礼はいいのよ。あなたがたが無事に大きくなってくれたら、それだけでうれしいの」

本心だった。養育院にいる子らは親を亡くしたり、親に捨てられてしまったりした子どもたちだ。

彼らは人生の早い段階で、保護者がいないという苦境に陥っている。

だからこそ、無事と幸せを祈らずにはいられない。

用を終え、養育院を出るときだった。前庭で見送ってくれた子が無邪気に手を振る。

「お姉さん、またねー！」

女児から声をかけられ、シェリンはベールの下で唇を噛みしめる。

こぼれそうになる涙をこらえた。

シェリンは手を振りながら子どもたちに別れを告げ、養育院を出る。

そこで立ちすくんだ。

（聖女ならば……）

顔をさらし、胸を張って交流できるだろうに。そう思ってしまう自分が情けなくなる。

「シェリンさま、どうされたんですか？」

カリアが心配そうに声をかける。

「……大丈夫。気にしないで」

「でも……」

「……顔をさらしてみたらどうですか？　存外、子どもたちは気にしないかもしれませんよ」

そっけなく言ったクライブに、カリアが声を尖らせた。

「無礼なことを！」

「都に流れている噂をご存じですか？　魔女は、本当は聖女で、悪辣《あくらつ》な罠にかけられて魔女にされたという話です。つまり、魔女とされていた王女は聖女だという噂ですよ」

「まさか……」

シェリンは青ざめる。そんないい加減な噂をいったい誰が流したのか。

「みな、信じているのですか？」

「さあ、どうでしょうね。でも、信じる者もあらわれるでしょう。愛された王女シェリンの転落と兄姉の冷酷さには、眉をひそめる者もいたでしょうから」

クライブの言葉を聞きながら、シェリンはベールの下で視線を泳がせた。

（……わたくしが魔女ではないと見なされたら）

このベールをはぎとり、人々の前に顔をさらすことができるのだろうか。

そうなったら、シェリンも世間を恐れずに暮らしていけるのに。

（いいえ、そんな都合がよいことを信じられないわ）

魔女だと怖れられたら、あるいは拒絶されたなら、耐えられない。

ベールの上から頬の百合を押さえる。この花がもっと咲けば――咲き誇ってくれればいいのに。

「王女シェリンが善行を積むのは、聖女になりたいからだと思っていましたよ」

クライブがシェリンの顔を覗いてくる。シェリンは一歩引いた。

「メリア伯、いったい何を――」

血相を変えるカリアに、クライブは冷たい目を向けた。

「侍女どの、俺は王女シェリンと大事な話をしております」

クライブは頬を押さえているシェリンの手首を摑んできた。

「ひっ……」

「王女シェリン、いっそのこと花をさらしたらいいんです。これが聖女の証だと胸を張ってみたらいい」

「わ、わたくしは……」

「おびえて生きていくあなたを支えるのは、シュヴァイン辺境伯にとっても負担でしょう」

　シェリンは空唾を飲んだ。

「国を奪って簒奪者という汚名を得ているのに、あなたを妻にしたら名誉がさらに傷つく」

　みじめさに、唇を震わせる。

　バルトは妻になってほしいと言ってくれた。あれは、お荷物にしかならないシェリンをかばうために結婚を言いだしたのではないのか。

（わたくしが、バルトの重荷になる……）

　迷いと恐れが頭の中でグルグルと廻っている。まるで堂々巡りだ。

「メリア伯、よくもそんなことを言えますね⁉」

　カリアが声を押し殺しつつも怒りをぶつける。

「俺は、父共々シュヴァイン辺境伯を支える者として、あなたの存在を憂慮しているんです。辺境伯が愚行をなさらないかと心配なんですよ」

クライブの声は低く、どこか脅迫めいて聞こえる。シェリンは言葉を失った。

(わたくしは、バルトの足かせなのではないかしら……)

過去のつながりに甘えすぎていて、それがクライブの懸案事項になっているのではないか。

「俺の言葉は辺境伯に受け入れてもらえない。ですから、王女シェリンにお伝えするわけです。無礼は承知の上、ご理解いただきたい」

クライブはシェリンの手をとり、甲にくちづけてくる。

シェリンは身じろぎできず、彼の優雅な所作を眺めるだけだった。


七日のあと、バルトが帰城した。

夕陽が影を長く伸ばす中、シェリンはベールを深くかぶり、宮殿の門前まで出て彼を迎える。

「無事の帰城をお喜び申し上げます」

「他人行儀だからよしてくれ」

バルトは軽やかに下馬する。彼が乗っていた青毛の馬は筋骨隆々として力強い。バルト自身もまるで疲れを見せていなかった。

「サルディナ伯爵とお話し合いは済みましたか？」

「ああ、話がつかなかったから斬ってきた」

さらりと言われ、シェリンはギョッとする。

「き、斬った？」

「俺を国王とは認めないと断言したからな。互いの主張は平行線だから、斬るしかなかった」

バルトの声には感情が抜け落ちている。思わず唇を噛んだシェリンをなだめるようにバルトは言う。

「……サルディナ伯のことなら同情しなくていい。あれは死んで当然の奴だ」

「でも……」

「先王を支持し、民を虐げていた。生かしておけば、奴が食らう麦がもったいない。奴が死んだおかげで、貴重な資源の浪費が防げる。だから、シェリンは気にしなくていい」

「バルト……」

「それより、俺が気になるのはシェリンがメリア伯と出かけたことだ。何かされなかったか？」

バルトはシェリンの手首を摑み、硬い声音で問う。シェリンはびくりと肩を震わせた。

「……何もないわ」

「本当に？」

「養育院に行っただけよ。少しでも誰かの役に立ちたいから。養育院の人たちは困っているというわ」

彼を見上げて一言一言諭すように言う。バルトに誤解をされたくなかった。

クライブにはむしろ敵意を向けられているようなものなのに、彼との仲に疑心を抱かれるのは心外だった。

「……ならいいんだ。心配なものだから、つい」

バルトはシェリンの手をとり、指先にくちづける。

クライブとは異なり、こちらに愛おしさを伝えてくる仕草だ。

「シェリン、俺から離れないでくれ。あなたがどこか遠くに行くと考えただけで、俺は耐えられないんだ」

バルトのまなざしはしんと静まり、まるで感情の起伏などないようだ。それなのに言葉はやけどしそうに熱くて、その温度差に戸惑う。

「バルト……」

「あなたを光の差すところに堂々と立たせるために、俺は都に戻ってきた。あなたを輝かせたいからだ。それ以外の理由など何もない」

シェリンは言葉を失い、斜めに視線を落とした。

(わたくしにそんな価値はないのに……)

クライブの言葉を聞けばわかる。シェリンはバルトの未来に影を投げかける女だ。

それなのに、バルトはシェリンのために行動するという。

(甘えすぎているのだわ……)

心苦しくてたまらなくなる。

前向きにならねばという気持ちはあるが、それを覆う不安が雲のようにわきだしてくるのだ。

「その養育院とやらに行くときは、俺が供をする。クライブを連れていくのは、やめてくれ」

バルトの懇願に、シェリンは小さくうなずく。

「……一緒に行ってくれるなら、うれしいわ」

「俺もうれしい。シェリンと一緒にいられるなら」

バルトはシェリンの手を両手で挟む。

心が乱れるシェリンをその場に留めるようなぬくもりに、足まで縫い留められていた。

翌日の午後。シェリンは政務を終えたバルトと共に養育院に向かった。

裏地がついた上着、ふかふかの毛布、動く馬や馬車のおもちゃ、昨日焼いた蜂蜜ケーキや白いパンが入った木箱を馬にくくりつけて運ぶ。

その行列の前を行くのは、馬車に乗ったシェリンと馬に乗ったバルトだ。

養育院に辿りつき、馬車を下りたシェリンたちを迎えたのは、子どもたちだった。

「お姉さん、いらっしゃい」

「みんながほしがっていたものを持ってきたのよ」

「本当？」

子どもたちは目をキラキラさせている。修道女たちは行動の早さに驚いているようだ。

バルトはさっそく兵に荷を運ぶよう指示を出している。

「荷物をこちらで運びますが、よろしいですか？」

シェリンが修道女たちに確認すると、彼女たちは顔を見合わせたあとでおずおずとうなずいた。

「そ、そうしていただきますと助かります」

「では、やろう」

バルトは連れてきた兵たちに荷を運ばせる。一列で箱を受け渡しながら建物に入れ、修道女の指示に従って片づけていく。

シェリンはそれを見届けたあと建物の外に出た。子どもたちは庭で遊んでいるが、ひとりの男児が木に登っている。

「お姉さーん！」

無邪気に手を振られて、シェリンは危ぶむ。

「手を離しちゃだめ！」

シェリンが叫んだのがかえって悪かったのか、男児が木から落ちる。

彼はどさりと音を立てて草が生えた地面に叩きつけられた。シェリンはあわてて駆け寄る。

「怪我は!?」

シェリンは膝をついて男児の様子を確認する。男児は泣きだした。頭を抱えて、泣きわめく。

「痛いよ！」

その声が聞こえたのか、バルトが近づいてきた。

「シェリン？」

「バルト、この子が木から落ちて」

「わかった」

バルトはその場に膝をつき、男児の腕や足、首の状態などあちらこちらに触れている。

「骨は折れていないようだ」

「よかった……」

「誰か医者を呼んでこい」

兵のひとりに命じる。バルトは男児を抱え上げた。

「とりあえずベッドに寝かせよう」

何をしていいかわからないシェリンに対し、バルトは冷静に対処している。するべきことを理解しているから、次から次へと指示も出せる。

「誰か水で濡らした布を持ってきてくれ」

「わたくしが持ってくるわ」

シェリンはすかさず応じる。何かしなければと焦っていた。

カリアがそばにくるや、間髪入れずに指示を出す。

「カリアはベッドを整えてあげて。その子を寝かしつけられるように」

シェリンが命じると、カリアは勢いに圧倒されたようにうなずく。

「し、承知しました」

「お願い」

シェリンは修道女に聞いて裏手の井戸に向かう。水を汲み上げて、近くに置いていた桶に水を入れた。それから手元にあったハンカチーフを濡らそうとして手を入れる。水がひどく冷たい。

その瞬間、天啓のように閃いた。

（今なら逃げられる……）

周りには誰もいない。見張りもカリアも遠い。

（宮殿に戻ったら、どこにも逃げられない……）

クライブが案じていた。バルトが名誉を損ねないかと。

（わたくしがそばにいたら、バルトの負担になる……）

シェリンを助けようとして、無理を通そうとする。

（甘えてはいけない……）

シェリンは唇を噛みしめた。決意を固める。

（逃げよう……）

そこに若い修道女があらわれた。

「あの、手伝いをしろと言われて……」

若い修道女はおずおずと言う。

シェリンはハンカチーフを入れたままの桶を彼女に持たせた。

「では、これを持っていってくれる？」

「あ、はい。あなたは？」

「他にすることがあるの……道中に傷に効く薬草を見つけていたのよ。それを採取してくるわ。あの子に使ってもらうために」

「え、あ、でも」

「ごめんなさい、お願いね」

シェリンは桶を押しつけると、身をひるがえす。

門を出ると、一目散に走りだした。


夕刻。シェリンは下町にいた。古ぼけた煉瓦づくりの建物が立ち並び、どぶの異臭が強烈に鼻をつく。

シェリンは周囲を見渡す。

(どこか泊まるところはあるかしら)

先ほど質屋に赴き、首飾りを銀貨数枚に交換した。首飾りは黄金と宝石でこしらえた薔薇を金の鎖の先端に吊るしたもので、バルトが用意してくれた装身具のひとつだ。

かなり高価なものだが、これで買い物をするのは難しい。質屋に寄ったが、中年の店主はベールをかぶったままのシェリンをしげしげと見つめてから、銀貨数枚を放るように寄越した。

『これくらいの価値しかないね。さあ、帰りな』

もう少しは銀貨がもらえるのではないかと食い下がったが、店主はけんもほろろな対応だった。

『あんた、俺の目を疑うつもりかい？　これでもこの道で何年も飯を食っているんだ。この首飾りはつくりが荒い。その銀貨でも多すぎるくらいだよ！』

店主の剣幕におびえ、シェリンは銀貨をドレスの腰に吊るしている小物入れに入れてから店を出た。

（明日の朝、一番で都を出よう）

夜の間、都を取り囲む城壁の門は閉められ、出入りが禁止される。

これは夜間の安全のための処置なのだが、シェリンにとっては困ったことだった。

（……どこで夜を過ごそう）

宿屋で一晩過ごせればいいが、どこならば泊めてくれるだろうか。

（あまり高いところには泊まれないし……）

銀貨は数枚しかない。大切に使わなければ、食にも事欠くことになる。

（食べないのは当たり前だったのに）

バルトが大切にしてくれたから、お腹いっぱいになることも、ふかふかの布団で寝ることも再び覚えてしまった。

涙の膜が張って目の前が霞む。

（戻りたい……）

バルトのもとへ。いや、ふたりがまだ幼くて無邪気に過ごしていたあのころへ。

幸せだった。未来への不安もなかった。

(甘えてはだめよ)

バルトはシェリンのためになんでもするという。

魔女をかばっていたら、彼まで立場をなくす。

(そんなことはできない……)

バルトの輝かしい未来を邪魔したくない。太陽を隠す雲になりたくないのだ。

シェリンは早足で路地を進む。路地は暗かった。狭い土地に建物が密集し、細い道に影を落としているせいだ。

闇をかきわけるように進んでいると、目の前が突き当りになっていた。右に折れる道に足を踏み入れると、横合いから人がすっとあらわれた。

「お嬢さん、道に迷ったんじゃない?」

男が道を塞ぎながら、なれなれしくしゃべりかけてくる。彼を避けようとしたが、男はシェリンの動く方に移動する。それを何度か繰り返したあと、さすがに抗議した。

「いったいどういうおつもりなんですか?」

「いったいどういうおつもりなんですか~だってよ!!」

背後からゲラゲラと下品な笑い声がする。

嫌な予感を抱えて振り返れば、若い男たちが三人、シェリンの背後に立っていた。

シェリンを見る目はまるで獲物を狙う獣の目である。血の気が引いていく。

「なぁ、暇なんだろ？　俺らと遊ぼうぜ」

「お上品にベールをかぶっても、こんなところに来るってことは、男と遊びたいんだろ？」

「俺ら全員であんたをかわいがってやるよ。飽きる暇もないくらいにな」

互いに顔を見合わせて、下品に笑っている。

血が凍っていくような恐怖を覚えて、首を左右に振った。

「わたくしは、そんなつもりでは……」

後退《あとずさ》ったシェリンの肩を背後の男が押さえる。恐怖のあまり振り返って、唇を震わせる。

「そんなにびびんなって。ひどいことはしないぜ。楽しいことしか――」

男が目を見開く。男の背からバルトが刃を突き刺していた。

心臓を正確に貫く一刺しに、男の命は瞬く間に奪われてしまった。

「そんなに暇なら、俺とも楽しいことをしてもらおうか」

バルトは一気に剣を引き抜いた。返り血が派手に飛び散って、バルトの頬に模様を描く。

倒れた男を無造作に蹴り飛ばし、バルトはシェリンの腕を引いて己の背に隠す。

「バ、バルト――」

「しゃべるな」

バルトは向かってきた三人の男を剣の一閃で黙らせる。

顔を斬られた男はうめき、首を斬られた男は叫び、胸を斬られた男はわめいた。

「な、なんなんだよ、おまえ！」

「汚らわしいドブネズミどもが。おまえたちを生かしておいても、なんの益にもならない。死んだほうが、よほど世のためになる」

バルトは淡々と告げる。

剣の返り血を振り払い、彼らに先端を突きつける。

「かかってくるのはかまわないが、ここにいる死体と同じようになるだけだぞ」

動かない死体を踏みながら口にするバルトの宣告には、まったく気負いがなかった。

食べ終わった林檎の芯をそこらに捨てるように、なにげなく殺してしまうだろうと信じさせる迫力があった。

「ふざけんな！」

男が短刀を手にしてバルトに迫る。バルトは彼に剣を振り下ろそうとしたが、男は身を低くしてバルトの攻撃をかわし、バルトの脇腹を刺そうとする。バルトは避けるそぶりを見せたが、なぜか踏みとどまり、刺突を受け止める。

「……！」

ぐらついたバルトをシェリンは支えようとしたが、彼は男を蹴り飛ばし、よろけた男の首に一撃を落とす。刃が深く入ったせいで太い血管を傷つけたのだろう。血が勢いよく吹きだして、路地の石畳を赤く濡らす。

むっとするような血の臭いに、シェリンは震えた。

（怖い……）

自分が馬鹿をしたせいだ。愚かな判断をくだしたせいで、男たちが死んでいく。

「ひっ……」

残ったふたりは脱兎のごとく逃げだした。倒れた仲間をほったらかしにして、振り返りもしない。

「薄情だな」

バルトはそう感想を漏らすと、うつ伏せに倒れた男の背から心臓を貫く。

「バ、バルト!?」

「止《とど》めを刺してやらないと可哀想だ。死ぬまでの時間はできる限り短くしてやらないと」

あっさりとそう言ってから、バルトはシェリンに正対した。

「シェリン、どうして逃げたんだ？」

バルトの声からは、怒りよりも嘆きを感じる。

せっかく庇護したのに、逃げてしまった猫の薄情を嘆くような声音だ。

シェリンは彼の顔と脇腹を見比べた。血があふれて、服を濡らしていく。

「バ、バルト、手当てをしないと」

「なぜ逃げたか答えてくれ」

　バルトは傷の痛みなどまったく感じていない様子で言う。

　シェリンは傷の具合が心配でたまらず、気もそぞろに告げる。

「……あなたの人生の邪魔をしたくないの」

「邪魔？」

「あなたは王になる。そんな人のそばに魔女がいてはいけない。足を引っ張るだけ――バルト、そんなことより手当てをしましょう。血が出て、とても痛そうよ」

　シェリンは青ざめる。血が止まる様子がなくて、心配でたまらない。

「……俺が王になるのは、あなたのためだ。そうでなければ、こんな地位など要らない。約束してくれ、シェリン。俺のそばを離れたりしないと。約束してくれなければ、傷の手当はしない」

「バ、バルト？」

　むちゃくちゃな脅しを、彼は真顔で口にしている。

「俺が王になったのは、あなたに陽の当たる場所で生きてもらいたいからだ。それ以外には何もない」

「そんなことで？」

　シェリンのため。そのために、バルトは血を流すというのだろうか。自分の血も、他の誰かの血だろうとも、頓着せずに。

「早く決めないと、俺が死んでしまうぞ、シェリン」

「わかったわ、バルト。ごめんなさい、わたくしが悪かったの。わたくしが意気地なしだから……」

シェリンはバルトを抱きしめる。彼に死なれるくらいなら、自分の命を与えたい。

「……シェリン、俺はシェリンがそばにいてくれるだけでいい」

バルトに抱きしめかえされながら、シェリンは彼の背に回していた手を脇腹に移動させ、傷を上から覆った。

（どうか、お願い……）

ほんの少しでもいい。自分に聖女の力が残っていないだろうか。癒しの力がありはしないか。

（お願いだから、治って……）

祈り続けるシェリンの耳に複数の足音が届く。ユーリが率いる護衛の兵が、ようやく姿をあらわした。

その夜。宮殿に帰ったシェリンは、バルトのもとに急いでいた。

湯上がりの髪を乾かす時間も惜しく、早足で向かう。

（バルト、大丈夫かしら……）

ユーリたちと宮殿に帰ってから、シェリンはバルトと引き離された。バルトは怪我の治療のため、シェリンはカリアにお小言をいただくためである。

『シェリンさま、わたしに至らぬところがあったなら、どうか教えてください』

カリアはそう言って、ハンカチーフに顔を埋めて泣いた。

シェリンは申し訳なくなり、懸命に彼女をなだめた。

『カリアが悪いのではないの。悪いのはわたくしなのよ』

クライブの発言を聞いて、ぐらつくシェリンが愚かだったのだ。

『シェリンさまは何も悪くありません。わたしがシェリンさまの不安を取り除けなかったのが悪いんです。銀狼伯さまからも命じられていたのに。シェリンさまをしっかりお支えするようにと』

むせび泣くカリアの発言を聞き、シェリンは内心忸怩《じくじ》たるものがあった。

バルトはいつもシェリンを支えてくれるのに、シェリンは自分のことしか考えていなかった。

カリアに懇願されるままに夕食を摂り、湯を使い、シェリンはようやくバルトのところに向かうのを許された。

護衛が守るバルトの居室の前まで来て、自分の姿を見下ろす。

着ているのは首元から腹部までボタンが並ぶワンピースだ。足首までのスカートはたっぷりとした布を使い、卓越した縫製のおかげで裾が花のように広がっている。

（この姿でも失礼ではないはず）

そのとき、護衛が動いて扉を開いた。ユーリが退室するところだった。

ユーリは眉を寄せていて、顔つきは険しい。

一瞬、声をかけることを躊躇《ちゅうちょ》したが、勇気を奮って問いかけた。

「あの……バルトは大丈夫？」

「シェリンさま」

ユーリは足を止めて、憂い顔になった。

「傷は浅く、大事には至りません」

「……そう。それはよかったわ」

胸を撫でおろしたとたん、ユーリがとげとげしい目つきになった。

「シェリンさま。今後は勝手な行動は慎んでいただきたいと存じます。陛下はシェリンさまがいなくなると、我を忘れてしまわれるのです」

「そ、そう……」

「養育院でシェリンさまがいなくなったと判明したときもです。修道女たちを捕らえて強引に聞き込みをし、果てには門を飛び出してしまわれた。道行く人間を捕まえてはシェリンさまの行方を訊き、我々にも必ず探し出すようにと厳命されました」

　ユーリは表情ひとつ変えずに言う。

「……ごめんなさい」

　シェリンは肩を落とした。自分が逃げたことで、多くの人が迷惑をこうむっている。

　今さらながらに身に染みた。

「陛下からは、決してシェリンさまを責めぬようにと言い含められております。ですから、どうかお気になさらず」

「はい……」

　むしろすごく気になるが、おとなしくうなずいておく。

「ところで、シェリンさまはお見舞いに来られたのでしょうか」

「ええ。傷の具合が気になって……。バルトはどう？　無事なの？」

　焦る気持ちをそのままぶつける。彼は重々しくうなずいた。

「どうか、ご自身の目でお確かめください」

「……悪いの？」

　血の気が引いていくのが自分でもわかる。バルトにもしものことがあったら、どうしよう。

「そこまでは……いえ、お入りになられてください。そこでしっかりと目に焼きつけてください。バルトさまのお姿を」

ユーリはそう言ったあとに扉を開ける。

シェリンはごくりと生唾を飲んでから入室した。

入ってすぐは執務に使う部屋らしく、大きな机があり、書棚も並んでいる。明かりを落とした執務室を抜けると居間があった。低いテーブルとソファが置かれ、壁には静物画が飾られている。マントルピースの上には東の国から輸入した壺があり、赤や青の色で魚と水草の絵が描かれている。

そこを抜けて寝室に入ると、バルトが寝台の上で書を読んでいた。

彼はシェリンに気づくとうれしそうに微笑む。

「シェリン、来てくれたのか？」

「バルト、大丈夫？」

シェリンは涙をこらえて近づく。

「俺は問題ない。それより、シェリンは食事を済ませたのか？」

「わたくしは大丈夫。問題ないわ」

寝台に座ると、彼がすかさずシェリンの手を握ってきた。

「怖かっただろう。本当にひどい目に遭ったな」

バルトの手は温かい。涙が盛りあがりそうになる。

「わたくしは……ええ、怖かった。助けてくれて、ありがとう」

もしも、バルトが来てくれなかったらと想像してみる。あの男たちにどんな目に遭わされていただろうか。恐ろしくてたまらない。

「シェリンが無事ならそれでいい」

バルトの穏やかなまなざしに安堵と申し訳なさがつのる。バルトはシェリンの左の頬にそっと触れる。

「シェリン、俺といるのは嫌か？　俺の妻になりたくはないのか？」

バルトの問いに、シェリンは首を左右に振る。

「ち、違うの。そういうことじゃなくて……わたくしは魔女だから、足を引っ張るんじゃないのかと心配で……」

太陽から逃げるように、ついうつむいてしまう。せっかくバルトは陽の当たる場所に連れ出そうとしてくれているのに。

「そのことだが、ちょっと見てほしいものがある」

バルトはシェリンの頬から手を離し、自身のシャツの裾をめくる。

「な、何を……」

恥ずかしさに真っ赤になるシェリンだったが、バルトが見せてきたのは脇腹の傷である。

塞がりかけた傷に、シェリンは言葉を失う。

「医者が驚いていた。半分治りかけだそうだ。これは聖女の癒しの力だよ」

「まさか……」

シェリンはおそるおそる手を伸ばして傷に触れる。確かに、今日負傷したにしては傷が浅い。

「あのとき、シェリンが傷に手を当ててくれただろう？」

「でも、まさか、そんな……」

血が止まってくれと、傷が塞がってくれと、確かに祈りはした。

だが、結果が希望のとおりになったとき、胸に去来したのは喜びよりも戸惑いだった。

「わたくしに聖女の力がまだ残っているの？」

「きっと、そうだ。シェリンは聖女に戻れるんだよ」

「バルト……」

信じがたいという疑念と、信じたいという願いと。ふたつの思いが胸に押し寄せる。

「シェリン、俺の妻になってくれ。俺にあなたを存分に愛させてほしい。そうしたら、あなたは聖女に戻れる」

バルトにそう言われ、シェリンは小首を傾げる。

「……あなたに愛されたら、聖女に戻れるの？」

「ああ」

バルトは上目遣いでシェリンを見つめる。

「俺があなたを愛し尽くしたら、あなたは再び聖女として輝ける」

「どうやって？」

シェリンの質問を聞き、バルトはにっと笑った。

彼はシェリンの腰を引き寄せて、完全に寝台に乗せてしまう。

バルトはシェリンにのしかかるようにして唇を塞ぐ。おまけに舌をぐっと差し入れられて、シェリンは呼吸を止めた。

「……！」

バルトの舌がシェリンの口内を探索する。シェリンの舌を舐め、歯をひとつひとつくすぐっていく。

恥ずかしすぎて、身じろぎもろくにできない。

くちづけといっても、この間バルトと交わしたものとは全然違う。唇と唇をくっつけあうだけでなく、口内をまさぐられるなんて信じがたい行為だ。

シェリンが身体を揺らすと、バルトはシェリンを深く抱きしめ、くちづけを続ける。

彼はシェリンの頬の粘膜を舌先でつつき、唾液をすすってくる。

シェリンは目尻に涙をにじませた。バルトがなぜこんなことをするのかわからなくて怖い。

バルトはシェリンの涙に気づいたのか、くちづけを切り上げた。

「シェリン、嫌なのか？」

瞳を覗かれると、嫌だと断言することをためらう。

バルトが嫌ではないのだ。ただ、行為に慣れていないだけで――。

「わ、わたくし、あまり……こういうことは得意ではないの」

「じゃあ、得意になればいい。俺と一緒に」

「それはちょっと無理……！」

バルトは上機嫌になってシェリンが着ているワンピースのボタンをはずしていく。

首元から次々とはずしていく手の動きがすばやくて、ワンピースどころかシュミーズの紐も肩から落として、あっというまに胸まではだけてしまう。

バルトの手がシェリンの右の乳房をすくう。重みを量るように下から持ち上げられて、シェリンは息を乱してしまう。

「バルト、よくないわ、こんなことは」

シェリンは涙目でつぶやく。未婚の男女が互いの肌に触れあうなんて、絶対にしてはいけないことだと聖教の教えにもある。

「俺とシェリンは結婚するんだから問題ない」

「そ、それでも……」

「俺はシェリンを愛したい。シェリンを聖女にするためにも」

「聖女になるのに、こ、これが、必要なの？」

バルトは両手で乳房を揉みしだき、乳首を摘みながらうなずく。

「必要な行為だ。愛を深めるためには、肉体の結びつきも必要なんだから」

いつのまにか尖った乳首をバルトは押し回す。

嫌なはずなのに、意味ありげに触れられると、なにやら怪しげな感覚が生まれるのだ。

お腹の奥がじわっと熱くなって、身体がぐらぐらするような変な感じだ。

「聖女にも必要なの？」

「聖女にこそ必要だよ。聖女が力を発揮するためには、愛が必要なんだ」

バルトはそう言ってから、再びくちづけをしてくる。

シェリンの薄いくちびるを彼の唇で覆い、甘噛みしてくる。

軽く噛まれているだけなのに、心地のよい刺激で身体の芯が震える。

（こんなふうに受け入れていいのかしら……）

くちづけをしながらバルトはシェリンの胸を揉む。彼の手に余りそうな乳房をたぷりと押し上げ、やさしく摑んでこねまわす。指の先端は乳首をつつき、休む暇もない。彼の十指がもたらす甘やかな刺激に、シェリンは翻弄されてばかりだ。

「ん……んんっ……」

くちづけを深めながら、バルトはシェリンに体重をあずけて押し倒してくる。

寝台に仰向けになり、シェリンは背をゆらめかせる。

(これからどうなるのかしら)

お腹が熱い。熱いだけでなく脈打っている。

何かを待ちかまえているような感覚があって、それが怖い。自分が自分でなくなるような怖さがある。

バルトはくちづけでシェリンの反抗を奪い、あっという間にワンピースとシュミーズを剝ぎとって、ドロワーズのみの姿にした。

とたんに恥ずかしさがつのり、まなざしでバルトに訴えた。

バルトはくちづけをやめ、不思議そうにする。

「バ、バルト。その……みっともないと思うの。こんな姿、見せられない」

我に返ったシェリンは自分を己の腕で抱く。

バルトの前でほとんど裸なのだ。恥ずかしいと思う気持ちを止められるはずもない。

「シェリン、俺の楽しみを奪うのか？」

バルトはシェリンの腕をほどいて裸体を見つめる。シェリンは涙目になった。

「だ、だって、こんな……傷痕だってあるのに」

魔女だと痛めつけられていたときに、身体のあちらこちらに傷がついた。線状の傷痕や火傷の痕。肌のいたるところについているそれは、シェリンが魔女である証拠だ。

(傷ひとつついていない身体ならばよかった……)

シェリンの肉体など、バルトの目に堂々とさらせるはずもない。

「それなら、俺のほうがひどいぞ。今、見せてやる」

バルトはなんのためらいもなくシャツを脱ぎすてる。唖然としたが、彼の裸体を目にした瞬間、言葉を失った。

(傷痕ばかりだわ)

バルトの上半身はいたるところに傷痕があった。ほどよく日焼けした肉体に痛々しい刀傷や裂傷の痕が刻まれている。

衝撃を受け、シェリンの胸はひどく痛んだ。彼は国境を越えようとするオルタナの兵を撃退する役目を担っていたが、そのときについた傷なのだろうか。

シェリンは半身を起こし、彼の傷に触れる。

「……痛かったでしょう?」

「当時はな」

「どうして、こんな怪我をしたの?」

「兄上のせいだよ」

自嘲の言葉を聞き、シェリンは目を瞠った。

「お兄さまのせい？」

「俺は兄上に憎まれていた。子どものころは剣の稽古のたびに兄上に痛めつけられていたし、都では刺客を放たれて殺されかけた。辺境伯領に戻ってからも、敵だか刺客だかわからない奴らに襲われた」

淡々と説明され、シェリンは啞然とする。

身内に殺されかけていたなんて──けれど、それが理解できてしまう。

「シェリンと同じだ。家族が最大の敵だった」

バルトの慨嘆を聞き、シェリンは涙があふれた。

「……わたくしと同じね」

フリアナが敵だった。堂々たる聖女なのに、彼女はシェリンをはなはだしく憎んでいた。

「俺は身体に傷ができただけだ。シェリンのほうがつらかっただろう」

バルトはシェリンを抱きしめる。素肌と素肌が触れあい、体温と体温が重なって、安心する。

「バルトだって、つらかったでしょう？」

都で刺客に襲われたというのは、あの日のことを指しているのだろう。シェリンが彼を助けたときのことだ。

「あの日、シェリンが救ってくれなかったら、絶望の中で命を失っていた。今、こうして生きていられるのは、シェリンのおかげだ」

バルトがしみじみと言ってから、顔を覗いてきた。シェリンの髪をひとふさとって指にからめる。

「俺はシェリンを聖女にする。必ずだ」

「バルト……」

シェリンは涙をこらえた。

(バルトはわたくしの味方……)

むしろ、バルトだけが味方なのだといっていい。

(あ、いいえ、カリアも味方だけれど)

うっかりカリアの前でバルトしか味方がいないと口走りでもしたら、彼女に嘆かれるだろう。下手をしたら、怒りを買ってしまう可能性だって高い。

集中が途切れたことを勘づかれたのか、バルトがシェリンにくちづけし、またもや寝台に押し倒してきた。

おまけにドロワーズの上から股間に触れてくる。

「だ、だめっ……」

さすがにそんなところにさわられるのは抵抗があった。

「シェリン、俺はシェリンのすべてが知りたい」

そうささやきながら、指が何度も狭間を往復する。

布越しなのに、誰にも触れられたことがないところを刺激されると、自然と背が反ってしまいそうな感覚に襲われる。

「だめ……」

目尻から涙がにじむ。こんな淫らな行いは拒絶しなければと思うのに、心のどこかに惹かれるものがある。

「……シェリン、もっと気持ちよくなりたくないか？」

バルトはシェリンの乳房を揉み、頂を押し回しつつドロワーズの中に手をすべらせた。

「バ、バルト？」

「たぶん、こうされるほうが気持ちいいと思う」

バルトの手がシェリンの股間に直接触れてくる。

指が狭間を往復するたびに、シェリンは腰を揺らめかせる。

「バルト、だめっ」

やわらかで繊細な部分をバルトの指先がなぞる。何度もされると、悲鳴があがる。

「あ、そこっ……」

バルトがある一点に触れたとき、危うい刺激が体内を走っていった。

それは下腹の花びらのつけねにあり、指先がくるりと円を描いただけで、身体からくたりと力が抜けるような心地がした。

「ここがシェリンの弱点か」

バルトはそこへの攻撃をはじめる。

形を知らしめるようにつまんでこねまわし、さらには指の腹でこすりたてる。

「あっ……あ……ああっ……」

シェリンは息を乱して腰を振る。

バルトはドロワーズをすっかり脱がせてしまって、シェリンの下腹を大胆に愛撫する。

「シェリン、俺の指がシェリンの秘め処に触れているのがわかるか？」

声に招かれるようにして視線を向ければ、バルトの指がシェリンの股間でうごめいている。

彼の指が動くたびに愛玩されている部分が鮮烈な快感を生みだした。

「ん……んんっ……」

もはや認めないわけにはいかなかった。シェリンの秘めやかな部分は、バルトが与える刺激を悦んでいる。

つけねからはピリピリとした快感が生まれ、シェリンは腰を跳ねさせた。

「は……はあっ……ああっ……」

バルトの手が、指が、与える心地よさが恥ずかしさと混ざり、どうしようもなく気持ち

がいい。シェリンのまたが緩んでしまっているのに気づいたのか、バルトはさらに大胆に指を走らせる。

「シェリン、ここが濡れてきている。そろそろ、俺がほしくならないか?」

「ほ、ほしくなる?」

バルトが触れたのは、下肢の狭間の中心部分だ。そこはしっとりと湿り気を帯びて、シェリンを危うい気持ちにさせる。

「俺はシェリンの中に収まりたい」

バルトは熱い息を漏らしながら、濡れた部分に触れる。

そこは月に一度血が流れる不快なところなのに、バルトの熱を持った指が触れると得体のしれない心地よさを覚えた。

(何かしら、これは……)

バルトの指に触れられたいような、このまま突き進むのは恐ろしいような——そんな気持ちになるのだ。

「バルト、あの……」

「シェリンの心の準備はまだ整わないみたいだな。ならば、俺のことをもっとほしくてたまらなくしないと」

バルトは先ほどまで愛撫していた花びらのつけねに再び指を添わせる。緩急をつけて転がされ、シェリンはたまらず腰を跳ねさせた。

「は……はっ……はあっ……」

甘美な刺激に声をあげるや、それを封じるようにくちづけしてくる。

唇を甘嚙みされ、舌を追い回される。おまけに乳房まで揉みしだいてくるのだ。尖った頂を指先でねじられて、シェリンの眼裏はチカチカした。

(だめ、だめっ……)

心はこんな刺激を受け続けるのは無理だと悲鳴をあげているのに、身体はもっともっととほしがる。

もはやシェリンは認めざるを得なかった。シェリンの肉体はバルトがもたらす快感に痺れ、貪欲に彼の指を、手を、求めている。

身体の内で熱がどんどん高まっていく。気流に乗る鳥のようにシェリンの官能も高まっていく。

シェリンの異変に気づいたのか、バルトの手の動きがいっそう激しくなる。

つけねをまさぐる指の動きは強まり、赤く膨れた頂をこすりたてる。肉厚な舌がシェリンの舌ともつれる。

腹の奥が燃えるように熱くなり、高まる官能を、無意識に腰を振って逃がそうとする。

だが、官能の灼熱はその程度の動きでとうてい逃がせるものではなかった。

腹の中の器官が溶けて形がなくなるような錯覚のあと、シェリンは腰を高々と持ち上げて官能の極致に至った。

「――！」

背を駆けあがる忘我の波のあと、シェリンは寝台に腰を落とす。心地のよい余韻が身体の芯に残り、シェリンは胸を上下させて彼を見つめた。

「……シェリン、あなたは本当に美しい」

バルトがシェリンの額にくちづけてくる。

シェリンは彼の翠緑の瞳に釘付けになりながらたずねる。

「花は一枚しか咲いていないのに？」

バルトはシェリンを見つめて遠慮がちにたずねた。

「シェリン。花に触れてもいいか？」

そう問われ、シェリンはためらった挙句にうなずいた。

「……いいわ」

バルトがそっと頬を覆う。

彼のまなざしはやさしく、フリアナや兄が向けてきた蔑みの感情はみじんも浮かんでいない。

「……たとえ、花が咲こうが咲くまいが、俺の気持ちは変わらない。シェリンを愛している」

「バルト」

「だけど、あなたがこの花を満開にしたいというなら、俺はそのために力を尽くす」

バルトは花を覆っていた手をどけて頬にくちづけてきた。

くちびるのやわらかい感触に、シェリンの目が自然と潤む。

「……わたくしは、その言葉だけで十分なの」

思いを素直に伝えたが、バルトはなぜか眉を寄せた。

「まだ、伝えきれていない。あなたとひとつになったとき、俺は初めて愛を伝えられる」

「そうなの？」

「ああ、そうだ」

バルトはそう言うなり、シェリンの下肢に指をもぐらせる。

蜜で濡れていた蜜孔にするりと指が入り、痛みに肩をすくませる。

「バ、バルト、痛い……」

「そうなのか？」

バルトは驚いたように指を抜く。

「濡れていたら痛くないと聞いたのだが」

「ごめんなさい、でも痛くて……」

シェリンはおろおろしながら答える。自分の身体のどこかがおかしいのだろうか。

「いや、すまない。俺が悪い。俺が性急すぎるのが、よくない」

バルトはぶつぶつとひとりごとを言いながら、シェリンの蜜孔の入り口で指の先端を浮き沈みさせる。

シェリンは胸を上下させた。

「バ、バルト？」

ちくちくとした痛みがあって、どうしたって頬が引きつる。

しかし、何度も繰り返されると、固い蕾がほころぶように、痛みではなく心地よさを覚えてくる。

無意識のうちに、痛みではなくバルトの指がもたらす悦びを積極的に感じようとした。

「あっ、そこ……」

少し深く入り込んだ指が恥丘の裏をくすぐる。

甘やかな刺激が走り、シェリンは背を波立たせた。

「……気持ちいい」

ぽろりとこぼれた本音を聞き、バルトがうれしそうに微笑む。

「そうか、気持ちいいか」

「ち、違うのよ。気持ちいいのではなくて……。いえ、気持ちいいのだけれど、あっ……」

バルトが弱いところをこすりながら指を深く差し込む。

はっきりとした違和感があるけれども、先ほどまでの強い痛みはなく、違和感が心地のよさに繋がっている。

うろたえるシェリンにかまわず、バルトは指を抜き差しする。

ちゃぷちゃぷと水音がして、恥ずかしさがつのるのに、音がするようになると痛みは失せていた。

「バ、バルト……」

「シェリン？　気持ちいいか？」

恥ずかしいけれど、小さくうなずく。バルトの指の動きに合わせて官能が深まっていく。

「はあ……はぁ……ああ……」

感じるところをこすられながら、律動的な動きを続けられ、快感が押し寄せる。

深いところが甘く痺れ、理性を押し流す波が生まれた。

「あっ……あぁっ……」

背筋を忘我の光が抜けていく。頭の中を真っ白にするその光は、あまりにもきらきらしくて、シェリンは力が抜けた身体で余韻を味わった。

（全部、遠くなっていく……）

今までの悲しみも絶望も遠のき、シェリンの肉体と心は解放感にひたってしまう。

そんなシェリンが次に目にしたのは、バルトがあらわにした雄々しい下半身だった。

「そ、それは……」

続く言葉を失うくらいに呆気にとられる。

反り返った異様な物体は赤黒く、蛇が鎌首を持ち上げるような形をしている。

なぜか先端が尖っていて――そこまで観察してしまったところで、シェリンは顔をそらした。

鼓動が速い。

(ランスに……いえ、バルトに、なんて物体がついているのかしら)

得体の知れない怖さを感じ、シェリンは落ち着こうと自分の胸を押さえて息を整える。

無防備なその瞬間を狙いすましたように、バルトがシェリンのまたを大きく開き、足の裏が天井を向くほどに膝を曲げさせる。

「バ、バルト!?」

「シェリン、俺を迎え入れてくれ」

いつのまにやらバルトはシェリンのまたの間にいて、彼の股間の異様な物体が蜜孔に押し当てられている。

シェリンは激しく動揺し、彼の顔とそれを見比べた。

「バルト、あの……」

「少し痛いかもしれないけれど、我慢してほしい。そのあとは必ずよくなるらしいから」

そう言って蜜孔の狭間を割っていく。

圧迫感は指より強く、シェリンはつい眉を寄せてしまった。

「あっ……や……やぁ……」

狭いところをこじ開ける痛みに、つい唇を嚙む。

「……シェリン、すまない」

バルトは、彼自身も苦しそうに言いながら、シェリンの身体のあちらこちらに触れる。

上半身を倒して尖った乳首を口に含み、舌の上で転がす。指は下腹をまさぐる。

先ほど快感を生みだした陰芯を転がされ、たちまち高い声があがる。

「やぁ……あ……あああっ……」

乳暈《にゅううん》まで唾液をまぶされて舐められ、下肢の花芽を押し回されて気持ちがいい。狭間を割られる苦痛が遠のいて、シェリンは息を乱す。

「バ、バルト……」

彼はゆっくりとだが確実に掘削を深め、ふたりのつながりが深まっていく。

痛みはある。しかし、満足感もあった。バルトと身体の奥を繫げていく行為は心の一部が溶け合うようでもあったのだ。

「バルト……」

「シェリン、あと少しだ」

なだめるように言われ、バルトはやや性急に奥をうがつ。

下腹が密着する感覚があって、バルトが熱い息をこぼした。

「シェリン、やっとあなたとひとつになれた……」

下肢をうれしげに見ている彼に、頬が染まる。

恥ずかしいところに注ぐ視線が熱すぎて、シェリンの肌もどうかなってしまいそうだ。

「……見ないで」

「見るに決まっている。あなたをようやく救え、肉体をつなげるところまできた。あなたを聖女に戻すための大切な一歩に届いた」

「こ、これで聖女に戻れるの？」

こんな肉欲にかられた淫らな行為をすることで、シェリンは聖女に戻れるというのだろうか。

「もちろんだ。あなたが聖女になるには、愛が必要だ」

「あ、愛……」

それさえあれば、聖女になれるというのか。

（でも、きっと、とてつもなく得がたいものなのだわ……）

だからこそ、シェリンは本物の聖女になれなかった。
「シェリン……もう、俺は耐えられない」
バルトがうめくように言って、腰を引く。それから再度つながりを深めた。
「あ……ああっ……」
バルトはシェリンを熱く見つめながら、腰を抜き差しする。
下腹が熱い。痛みがぶりかえす。
シェリンは奥歯を噛みしめた。
(大丈夫よ……)
バルトに助けられるまでフリアナに虐待され、シェリンの心身は傷ついていた。
そのときに比べれば、こんな痛みなどなんともない。
(だって、バルトはわたくしを大切にしてくれる……)
再び聖女になれると信じてくれる。
そんな人間はおそらくバルト以外にいない。
(そうよ、バルトだけ……)
思ったとたん、シェリンの蜜壺が甘く痺れた。
彼の動きに慣れてきたせいか、蜜襞が快美なうねりを生みだしたのだ。
シェリンの眉がほどける。唇がうっすらと開いてしまう。

「シェリン、いいか？」

「え、ええ……」

答えたとたん、バルトはくちづけをしてきた。腰を使いつつ、舌をねっとりとからめてきて、背にぞくりと愉悦の波が走る。

バルトからはいきりたった雄の匂いがする。獰猛《どうもう》で有無を言わさぬ力を感じる。それにシェリンは酔いしれる。バルトに屈服させられるのは、快感だった。彼の肉体と溶け合うのは、シェリンの胸に幸福を刻む。

シェリンは無意識に腰を揺らしてしまう。それに応えてバルトの緩急のついた律動が蜜壺の奥深くをえぐる。抜き差しのたびに腹の奥が熱くとろける。

シェリンは下腹を上下させて愉悦を味わう。

深いところを突かれるたびに、痺れるような快感が蜜洞を揺さぶる。

バルトがくちづけを切りあげて、シェリンを見つめながら言う。

「シェリン、感じてくれているのか？」

「あ……ああ……バルト、変なの……変に……」

性感のさざなみが大きくなって、シェリンの肉体を翻弄する。

もはや自分が魔女であることも、バルトが国の簒奪者であることも、ふたりの間では意味がなくなっていた。ごくふつうの男と女で、官能をわかちあっている。そうとしか考え

られなかった。

バルトが汗をしたたらせながら勢いよく抽挿を繰り返す。

最奥を突かれれば目がくらむような快感が生まれ、シェリンは乳房を彼の胸板に押しつけながら感じ入った。

「あ……ああっ……あああっ……」

バルトの激しさに引きずられ、シェリンは高みに持ち上げられる。

深々と貫かれた直後、圧倒的な快感に打ちのめされて、シェリンは極みに至った。

官能の深さに震えるシェリンの体内にバルトは吐精する。

それから、バルトは力尽きたようにシェリンに覆いかぶさる。

シェリンは満足しながら彼の髪に指をからめた。

(あのときは、こんなことになるなんて想像すらしなかった……)

庭で過ごした穏やかな一日が脳裏に甦る。

発酵バターの香りの漂う焼菓子をこっそりとランスと分け合ったとき。

いつもの菓子よりもずっとおいしく感じられた。あれはすばらしいものを分かち合う喜びを知ったからだ。

(今も同じ……)

互いの肉体がもたらす悦びを分け合っている。あのときとふたりを取り巻く状況は全然違うのに、シェリンは幸福を覚えた。

「シェリン」

バルトは愛おしそうに名を呼んで、シェリンの頬にくちづける。

「バルト……」

「きっと花が咲く。シェリンは聖女に戻れる」

「わたくしは……」

シェリンは言葉を呑みこむ。聖女に戻る――それが幸せとつながるのかという小さな疑問が生まれていた。

(聖刻なんて、いっそのこと消えてしまえばいい)

聖女ではなく、魔女でもない、ごくふつうの娘に。そうなったほうがずいぶんと幸福ではないかとも思ってしまうのだ。

けれど、バルトの真剣なまなざしを見ているとそんなことが言えなくなる。

彼はシェリンのために力を尽くしてくれているのだから、それに応えることこそシェリンのなすべきことだ。

「そうね、わたくしは聖女になるわ」

そして、バルトのために――いや、王国の人々のために奇跡の力を振るう。それこそが自分の存在意義なのだから。

「……必ず陽の光の差すところに連れていくから」

バルトは強く抱きしめてくれる。その背に腕を回して、シェリンは小さくうなずいた。


夜更け。バルトはふっと目を覚ました。

シェリンを抱いて官能に溺れ、寝ついたあとのことだった。

腕の中ではシェリンが身体を丸くして寝ている。寝息は安らかでよい夢を見ているようだ。

バルトはシェリンに腕をからめて抱きしめる。

(ずっと会いたかった)

バルトがランスと名乗っていたころ。

あれは記憶にある中で、一番幸せなときだった。宮殿の庭の片隅のベンチに座り、家庭教師からの課題を何度も読んでいるシェリンを見かけて、つい声をかけたのだ。

『それの答えは法典の五十四ページを読めばいい』

課題から顔をあげたシェリンは、ふわりと笑顔を見せた。

『本当?』

『ああ』

シェリンはそばに置いていた法典をめくり、答えを探し当てるや満面の笑みになった。

『ありがとう。あの……あなたのお名前は?』

光をはじくつやつやとしたシェリンの頬には百合の花が咲きかけていた。四枚の花びらを備えた百合の花。聖女候補の証である聖刻だ。

『ランス』

『ランス、どうもありがとう。見かけない方だけれど、あなたはどこのお方？』

甲高い声には無垢な響きがあった。バルトはたちまちシェリンを好きになり、時間があれば彼女と過ごすようになった。

多くの称賛者に囲まれ、一見して幸せな聖女候補に見える王女シェリン。だが、彼女には複雑な事情があった。

シェリンの母は身分の低い寵姫であり、心やさしくとも宮廷で勢力争いをする能力には欠けていた。国王は政に没頭し、女の争いを軽視していた。

王妃はあからさまに憎悪の視線を向け、彼女の子どもたちもシェリンを見下し、侮蔑の言葉を吐いた。とりわけフリアナはシェリンをはなはだしく妬視《とし》しており、彼女が災いの種になるのは明白だった。

高位の貴族たちはシェリンを表向きは称賛し、裏では売女の娘と蔑んでいた。

バルトは、そんな人々の気持ちが手にとるようにわかった。なぜなら、身を守るために人の心の裏を探ろうとしていたからだ。

バルトの父は、逃げてきたオルタナの王女と無理やり関係を持ち、バルトを産ませた。

母はバルトの出産時に落命し、バルトはユーリの家で育てられたが、ときに刺客に襲われた。裏で糸を引いていたのは、バルトの兄だった。

バルトが長じてから学習や武技に力量を示すや、兄は刺客を送るようになった。

父が知っていたかは知らない。どのみち、父は冷酷な男だった。母の弱みに付け込んで肉体関係を結んだ卑怯者である父はバルトの能力を認めて期待を示したが、それは兄を追い詰めることだった。兄弟を競わせ、能力が高いほうを跡継ぎにする。そういう考えだったのだ。

上京し、ユーリの従者と身分を偽って日々を過ごしていたバルトの憂鬱をやわらげたのは、シェリンの笑顔だった。

(聖女だというのに、思い上がったりしない)

シェリンはバルトにとって救いだった。だからこそ、バルトは心に決めたのだ。

(何があっても、シェリンを聖女にする)

彼女の頬に満開の百合を咲かせる。それこそがバルトの使命であり、王国を簒奪した理由である。

(そのためならば、どんな手でも使う)

シェリンが投獄され、惨い目に遭っていると聞いても、バルトは動けなかった。

バルトには辺土防衛の任が課され、率いていた兵は反抗的な荒くれものが多かった。彼らを心腹させる必要があり、バルトは軍を慰撫して己の手足にしたあと、ようやく挙兵して兄を殺した。

（それもこれもシェリンを救うため）

国を奪ったのは、シェリンを助けるためだ。牢の中にいた彼女を抱きあげたとき、バルトは間に合ったという安堵で胸がいっぱいだった。

シェリンは生きている――だが、彼女はうつむき、世間に背を向けるしかないと思っているようだった。

（俺は、シェリンのためなら、どんなことでもする）

彼女を聖女にするために、万の人間を殺せと言われれば殺すし、王国を更地にしろと言われたら、火を放ってすべてを燃やし尽くしもする。

だが、シェリンを聖女にするためには違う方策が必要だ。彼女に愛を与えねばならない。

百合の花に愛という名の水を注いで、花を育てる必要があった。

シェリンを抱きしめ、彼女の香りを嗅ぐ。花のように芳しく、蜜のように甘い芳香を胸いっぱいに吸い込む。

「……必ずあなたを聖女にする」

そして、彼女が心から笑えるようにする。

決意を込めて、バルトはシェリンの頬の花びらをそっとなぞった。

四章　百合の復活

庭園の薔薇の蕾が膨らんできたころ。

身支度を整えながら、シェリンは鏡台の鏡で右頬をまじまじと眺める。

「花びらが一枚増えましたわ！　本当によかったこと！」

カリアが涙声で歓声をあげる中、シェリンはおずおずとうなずいた。

「消えはしないかしら」

頬をこすってみるが、花びらは消えない。花弁が一枚だけだった百合の花。それが二枚に増えている。

「信じられないわ……」

思わずつぶやいてしまう。聖女候補であったときと同じように花が咲けば、どれほどよいかと夢想していたが、実際にそうなると驚くばかりだ。

「何をおっしゃっているんですか!?　シェリンさまはまがうことなき聖女。今までがまちがっていたんです！」

カリアの鼻息は荒い。驚きも喜びもカリアが先にあらわしてしまうから、シェリンのほうがかえって冷静になる。

「まちがってはいなかったのよ……」

シェリンは聖女になる試練を乗り越えられず、四枚だった百合の花は一枚を残して消え、忌まわしい魔女とされた。

聖が反転して魔になる。それはとてつもなくおぞましいことで、シェリンは世の中から弾かれた存在になった。

（それなのに、花びらが今になって増えた……）

シェリンは頬の花を撫でながらつぶやく。

「なぜかしら……」

思わずこぼれでたひとりごとにカリアが答える。

「シェリンさまに徳がおありになるからですわ。養育院に赴いて子どもたちを助けていらっしゃいますもの。最近は療養院にも赴いて、寄付をするだけでなく働いていらっしゃるじゃありませんか」

「……たいしたことではないわ」

シェリンはそう応じつつ考える。

聖女と言いきれない自分にできることは何か。それを行動に落としこんだとき、養育院や療養院の手伝いが思いついた。

貴族は善行と称して金を払うのが主だ。むろんお金は大事だし、シェリンだって寄付もする。

しかし、それだけでは足りないような気がしてならなかった。もう少し、積極的な行動が必要だと考えた。

(この国の役に立ちたい)

聖女と呼ばれなくても自分はこの国の王女だ。ただ無為に過ごすのはためらわれた。王女の呼称にふさわしいことをしたい。

ふたつの施設には、王女シェリンが赴くということを伝えている。

表向きは快く受け入れる旨の返事があった。当然といえば当然のことだ。バルトの支援があることは明らかだからだ。

(がんばろう……)

バルトのためにも矢面に立つ覚悟はあった。

巷に流れているという「王女シェリンは魔女でなく聖女」という噂。奇跡の力がなくとも、せめて行動によってその噂を真実に近づけたいのだ。

今日も養育院に赴き、懸案事項だったカーテンの洗濯に着手する予定にしていた。元は白かったカーテンは薄汚れていて埃っぽく、気候がよくなったら、できるだけ早い時期に洗おうと考えていたのだ。

「シェリンさまは王女ですのに」

カリアが髪に櫛を通しながら嘆息をつく。

「王女だからこそ、できることはしたいの。バルトの役にも立てるわ」

バルトは簒奪者だ。彼がどんなに善意の言葉を吐き、善行をしても、正統の王を排除して王と言う地位を奪ったという事実は変わらない。

だから、シェリンは養育院や療養院に赴くとき、必ずバルトが気にかけていることを伝える。

そうすることで、バルトが弱い立場の人々にも目を向けているのだと宣伝したかったのだ。

（バルトの味方を増やさなければ……）

彼がただの野心家でなく、文句のつけようもない王と認められるようになるためには必要なことだとシェリンは信じていた。

カリアとおしゃべりをしつつ身支度を整え、ベールをかぶったシェリンは自室を出る。

廊下を進んで宮殿の入り口に向かっていたときだった。真正面から貴族の娘たちが五、六人歩いてくるのを見かけた。彼女たちは侍女をひきつれ、楽しそうにおしゃべりをしている。

シェリンの胸がざわめいた。

（バルトと目通りしたがる娘がいるという話は、本当だったのね）

むろん、理由は彼とお近づきになり、あわよくば妻になりたいというものだろう。

バルトはシェリンと結婚する予定だと発表していない。だから、バルトがシェリンを庇護していると知ってはいても、王妃にする予定だと理解している者は少数だろう。

『忠告しましたのに。シェリンさまとの婚姻について公にするべきだと』

カリアはそう怒っていたけれど、シェリンは慎重な態度を崩す気はない。

シェリンの存在そのものを人々に受け入れてもらえなくては、結婚どころの話ではないのだ。

娘たちは廊下の真ん中を堂々と進んでいて、鉢合わせをしてしまいそうだ。

避けるべきかと迷ったときだった。

前から何番目かの娘がフラフラと廊下の端に寄り、壁にもたれかかるようにしたあと、その場に崩れ落ちた。

「レーニア嬢？」

「お嬢さま!?」

娘たちがあわてふためいて彼女の周囲に集まる。

シェリンも足を速めて近づいた。

「大丈夫？」

「あなたは？」

膝をついてレーニア嬢の額に手を当てていた令嬢が、怪訝《けげん》そうに問いかける。

「こちらは聖女シェリンさまですわ」

カリアが胸を張って答えた。ぎょっとした顔をする彼女たちに、シェリンはベールの下で動揺する。

（……逃げたらだめよ）

これから胸を張って生きていこうと思うなら、受け止めねばならない視線だ。

シェリンはためらいを振りきってベールをはずし、その場にいる娘たちを見渡した。

「……わたくしは王女シェリンです。その娘はどうかしたのですか？」

「お嬢さまは蒲柳《ほりゅう》の質で、気分が悪いときはこのようになるのです。最近は体調もよさそうだったのに……」

侍女が半泣きで訴える。

シェリンはレーニア嬢を見下ろした。顔色は蒼白で、身体のどこかが悪いことを示しているようだ。

シェリンは彼女のそばに膝をついた。

横たわる彼女に手をかざそうとしたとき、シェリンの手が乱暴に払われる。

払ったのは、先ほど訝しげに声をかけてきた令嬢だ。

眉尻が吊り上がった目元と薄い唇。鼻は鷲鼻で、どこか猛々しさを感じる容貌だが、金色の髪は艶々として上質な糸のように美しい。

娘はまなざしと同じくらいに鋭い口調で制止する。

「王女殿下。この娘に触れるのは、おやめください」

「……あなたはこの方の姉妹？」

シェリンの問いかけを聞き、彼女は首を横に振った。

「違います。レーニア嬢はサウス子爵のご息女。わたしはマイラといいギヨーム伯の娘です」

つんけんとした答えを聞き、シェリンはうなずいた。

「ギヨーム伯は存じております。お父さまの側近だった方ね」

実直という表現がぴったりの地味な男だった。

「……よくご存じですね」

「お見かけしたことがあるわ」

シェリンがそう言うと、彼女は皮肉っぽく笑う。

「そうでしたか。聖女フリアナには、知らないと嗤《わら》われたのですけれど」

マイラの言葉には敵意を感じる。

一瞬ひるんだシェリンに、マイラは冷たい目を向ける。

「世の中の人間は聖女と比較して魔女を貶めますけど、聖女だってろくでもないと思いますわ」

シェリンは絶句する。

マイラの双眸は鋭く、憎しみすら宿っている。

「ギヨーム伯令嬢。聖女さまに失礼でしょう！」

カリアが肩をいからせて叱りつける。こちらがハラハラするほど失礼な態度だった。

「それは申し訳ございません。つい本音が出てしまって」

マイラは微塵も悪いと思っていない顔で謝罪をする。

シェリンはマイラともっと話をしたかった。が、倒れたレーニアを助けることが先だ。

シェリンはレーニアの首筋と胸の上あたりに手をかざして力を注ぐ。

(頬に花びらが増えたもの。もしかしたら……)

シェリンの力は強まっている可能性がある。せめて、なんとか少しでもレーニアを復調させられないだろうか。

シェリンの手から放たれる淡い光がレーニアの身体を照らす。

しばらくそうしていると、レーニアの頬にほんのりと赤みがさしてきた。

「な……」

マイラは信じがたいという表情でレーニアの顔色とシェリンを見比べる。

マイラが邪魔をする気はなさそうだと判断し、シェリンは集中を深める。

力を振るうときは、音も聞こえず、嗅覚も落ちる。そんな状態で祈りを捧げる。

(レーニア嬢、起きて……)

シェリンの心の声が届いたように、レーニアがうっすらと瞼を開ける。

そこに男の声が割って入った。

「シェリン、何をしているんだ?」

バルトだった。夢から覚めた心地で、そばに立っている彼を見上げる。

「レーニア嬢が突然にお倒れになられたんですわ。シェリンさまが癒しの力でお助けしているのです」

胸を張って誇らしげに説明するのはカリアだ。シェリンは、力を使ったせいでぼんやりとしながらもうなずいた。

「カリアの言うとおりです。バルト、レーニア嬢をどこかで休ませないと」

「わかった」

バルトは自らレーニア嬢を横抱きにした。そばにいる護衛があわてている。

「辺境伯さま、わたしが代わります」

「客室があるだろう。そこを整えさせろ」

「かしこまりました!」

レーニア嬢を抱えて指示を出すバルトを、令嬢たちがうっとりと見つめている。

ただ、マイラだけが異様に輝く目でバルトを見ていた。

(何かしら……)

バルトに好意を抱いたのだろうか。

むろん、そうなってもおかしくないほど今のバルトは凛々しく頼りがいがあるのだが。

「シェリン、どこに行く予定だったんだ？」

「養育院に行く予定よ」

「休まなくていいのか？」

バルトは心配そうにしている。力を振るっているところを目にしたから、シェリンの体調を気にかけてくれているのだろう。

「わたくしは大丈夫よ」

「わかった。護衛は必ず連れていくように。馬車の近くに待機しているように命じたからいると思うが、いなかったら、ユーリに必ず報告をするように」

「ありがとう」

バルトはふと目を細めた。やわらかな視線に、シェリンの頬が熱くなる。とりわけ百合の花が熱くなった気がした。

「気をつけてくれ。あなたに何かあったら、俺の身がもたない」

思いやりのこもった温かな言葉。シェリンは思わず百合の花を手で押さえた。

（バルトのおかげだわ……）

花びらが増えたのは、バルトがシェリンを心から愛してくれるから。

それを百合の花が教えてくれたような気がした。

「バルト、ありがとう」

「シェリン、他人行儀だから礼はいい」

バルトはシェリンに微笑みを向けてから、護衛を促してレーニアを運ぶ。それを見送ったシェリンが立ち上がると、マイラも倣《なら》った。

「マイラ嬢、あの……」

聖女はろくな存在ではないと言い放った意味を知りたくてたずねかけるが、彼女はシェリンを無視して他の令嬢を促す。

「陛下のあとを追って、レーニア嬢の看病をしましょう」

「でも、わたくしたちがここにきたのは、陛下にご挨拶をするためで――」

「追いかけて挨拶すればいいでしょう。それに、レーニア嬢をほったらかしにはできないのだから」

マイラはしっかり者のようだ。令嬢たちをそっけなくたしなめたあと、シェリンに身体を向け、腰を落として礼をした。

「王女殿下、わたしたちは失礼します」

「え、ええ」

さすがに答えてもくれない質問を再度投げかけることはできなかった。

去っていく令嬢たちを眺め、シェリンは肩を落としてため息をつくばかりだった。


その夜、シェリンはバルトの部屋にいた。

バルトは湯を使うといって留守にしていたから、室内にはひとりだ。

執務室の本棚を眺めて、シェリンは無聊《ぶりょう》を慰めるための本がないか探す。

「ベルーザの建国史があるわ」

シェリンは本を手にしてソファに座る。

頁をめくっていると、懐かしい思いが込み上げてきた。

(昔、ランスと一緒に読んだわ)

あのころは深く意味を理解できず、家庭教師が出す問題の答えを探すために読んだ。

今、頁をめくっていくと、それ以外の楽しみを見出す。

「ベルーザ王国は初代の王と聖女が協力して建国した。王は聖女と結ばれて、子孫に王国を引き継いだ」

聖女は天候すら操る強大な力を有していて、晴れが続けば雨を降らせ、雨が続けば雲を追い払うことすらしたという。

「聖女は王を心から愛し、彼のために力を振るい続けた。矢は王に当たらず、剣で斬られても傷はたちまちに癒えた。すべて聖女の力である」

彼女は王のために子を何人も産み、その中のひとりの娘が聖女の力を有していた。彼女もまた兄である王を守ったが、兄と妹では婚姻できない。兄は貴族の娘を妻にする。その妻もまた王女を産み、その娘は聖女として国を守った。

ベルーザ王国は聖女の力に頼って生き延びてきた国だった。

(歴代の聖女は、そうやって国を守ってきたのかしら)

首のない女たちは国のために力を振るってきたのだろう。そして、シェリンにはその覚悟がないと判断して百合の花びらを奪った。

(わたくしは、聖女に戻る……国のために)

聖女は雨を降らせ、雲を払い、花を咲かせて穀物を実らせる。河の氾濫を鎮め、落雷を人々の頭上から反らし、崖が崩れれば岩を取り除く。

本の中の聖女は派手に活躍するが、それも後半になるにつれ減っていく。

聖女はたまにあらわれて奇跡を起こすが、もっぱら祈りを捧げることが多かった。

先代の聖女は父の姉にあたる人であったが、彼女も聖女廟にこもって祈りを捧げていることが多かったという。物心がついたころには黄泉《よみ》の住人となっていて、話を聞けなかった。

（なるのよ、聖女に。助けてくれたバルトのためにも）

本を閉じて胸に抱く。揺らいではならない。聖女にならなければ、シェリンの存在意義はない。

「シェリン、呼んだのに待たせて悪かったな」

バルトが執務室に入ってきた。濡れた髪がどこか艶めいて、どきりとする。

「いいのよ。あなたは忙しいのだもの」

バルトに面会を希望する者は昼夜を問わずひっきりなしだ。今日も客人から話を聞いていたのだという。

バルトは執務用の机に近づき、シェリンは彼のそばに寄った。バルトからは乾ききらない水の匂いがする。

「寝ていてよかったのに」

「なんだか落ち着かなくて……」

先に寝台にいたら、まるでバルトに抱かれるのを待っているみたいだ。

それが気恥ずかしくてたまらなくて、わざと本を読んでいた部分はある。

（それに、ひとりでは寝られないわ……）

バルトの指の感触が肌に甦ってしまいそうで、転々と寝返りを打つだろう。

「シェリンに見せておきたいものがある」

バルトは机に置いていた物体を手にとった。ハンカチーフに何かを包んでいる。

「それは何？」

「マイラ嬢の髪の毛だ」

「え？」

ドキリとしたシェリンの前で、バルトは包んでいたハンカチーフを広げる。

金色の美しい髪がひとふさあった。

「な、なぜマイラ嬢の髪を？」

「マイラ嬢はシェリンに無礼な発言をしただろう？　カリアからの言伝《ことづて》を聞いた」

馬車に乗る前、カリアは若い兵を捕まえて何事かを言っていた。彼は一礼してその場を去ったが、まさかあれがバルトへの言伝だったとは。

「だから髪を切ったの？」

「これは聖女に無礼を働いた報いだ」

バルトの抑揚のない声を聞きながら、シェリンは唇を噛んだ。

「マイラ嬢からは確かに少しきつい物言いをされたけれど、わたくしは気にしていないわ」

「シェリンが気にする、していないの問題ではない。侮辱の罪を犯した者は罰する必要がある」

バルトの説明に、シェリンは眉尻を上げた。

「髪を切るなんて、あんまりだわ。貴族の娘は、正式に修道女になるときにしか髪を切ることはない。バルトだって知っているでしょう」

「ひとふさだけだ」

「そんな言い訳は聞きたくない。マイラ嬢は傷ついたはずよ。きっと、わたくしを聖女よりは性悪な魔女だと思ったはずだわ」

バルトにわかってほしくて必死に言う。

「シェリン、しかし……」

「わたくしを侮辱したからといって、手当たり次第に罰するの？　そんなことをしていては、わたくしの敵が増えるだけよ。わたくしは聖女になりたいの。みなから慕われる聖女に。恐れられる魔女になりたいわけではないの」

シェリンが懸命に説明すると、バルトはようやくうなずいた。

「……わかった。俺が短慮だった」

しょんぼりとうつむいている。まるで飼い主に叱られた犬のようだ。

「わかってくれたらいいの」

シェリンはバルトの腰に腕を回し、彼の胸に百合の花の咲く右頬を押しつける。

「感謝をしているわ。バルトがわたくしを愛してくれたから、百合の花びらが増えたもの」

「シェリン、それは俺がなすべき義務だ」

バルトはシェリンの背に腕を回して息を吐く。

「俺はもっと早くにシェリンを助けるべきだったのに、それができなかった。だから、シェリンのためならば、どんなことでもしたいんだ」

「バルト、感謝をしているわ。でも、他の人を傷つけるのはやめて。わたくしを聖女にしたいなら、慈悲心を持った行動をしてほしいの」

シェリンは慎重に告げる。

バルトの愛はうれしい。しかし、いささか過激なところがあるのも事実だった。

「わかった……」

バルトはシェリンをぎゅっと抱きしめる。

それから、シェリンの肩に額を押し当てて首筋で深呼吸をする。くすぐったくて、思わず叫んだ。

「バ、バルト!?」

「……シェリン、抱きたい」

低くてしっとりと色気のあるささやき。それだけで、耳の先までかあっと熱くなる。下腹も潤ってしまいそうになる。

「バルト、あの……」

バルトは首筋にくちづけをしてくる。耳の下から、首のつけねまで唇を動かしてくる。

甘やかな刺激に、シェリンは呼気をもらす。

「ん……バルト、だめ……」

なんだか媚びるような声でみっともない。

シェリンは恥ずかしくてたまらず、唇を噛む。

「シェリン、抱かせてくれ」

乳房をゆっくりと揉まれ、シェリンは足の指先で毛足の長い絨毯《じゅうたん》を踏みしめる。

「だ、だめよ、バルト。今日はだめ」

「なぜだ？」

「だって、マイラ嬢の髪を切ったもの。罰として、わたくしを抱くのは禁止よ」

シェリンはそう口にしたあと、さらに強気になった。

「今日はやめましょう」

「……むごすぎる」

バルトが性懲りもなく乳房を揉みながら、顔を絶望の色に染める。

シェリンは不埒《ふらち》な彼の腕を摑んだ。

「今日はだめだけれど、明日はいいわ」

「本当か？」

バルトが救いを求める目をして言う。

「ええ。明日ならばいいわ」

シェリンの言葉を聞いて、彼はようやくあきらめた。手を離して、悲しげな目をしつつもシェリンを抱き上げる。

「バルト！」

「せめて一緒に寝てくれ。それくらいは許してほしい」

バルトの懇願を聞き、シェリンは微笑んだ。

「わかったわ」

バルトはやさしい。なんだかんだ言って、シェリンの願いをかなえてくれる。

けれども、シェリンはそう思ったことをすぐに反省した。

バルトはシェリンが寝入るまでシェリンの耳の裏をくすぐり、背筋を撫で、手と手をからめてくる。バルトのそばに横たわるだけでは、かえって苦行だと思い知らされるばかりだった。


翌日。シェリンは養育院に向かった。

カーテンを洗うためである。養育院のすべての部屋にあるカーテンを洗うためには、それなりの時間がかかるのだ。

養育院に入ると、もはや顔なじみになった子どもたちが出迎えてくれた。

おとなにはシェリンの正体を伝えているが、子どもたちにはまだ黙っている。そのせいか、子どもたちも気安く声をかけてくれる。

「お姉さん、またカーテンを洗うの？」

「そうよ」

「わたしも洗う。一緒に踏み踏みする」

「僕も踏み踏みしたい」

「じゃあ、みんなで踏みましょうか。踏めば踏むほどきれいになるわ」

「本当に？」

子どもたちは盛りあがっている。シェリンは微笑ましい気分でベールをはずした。

窓を開け、換気をしながらカーテンをはずしていく。高いところは椅子に乗り、背伸びをするようにしてフックからカーテンをはずし、ついでにレーンを覆っていた埃を拭きとる。

そんなふうにして集めたカーテンを水場に運んでいたとき、シェリンは同じようにカーテンを運んでいた娘と鉢合わせした。マイラだった。

「マイラ嬢」

「王女殿下」

マイラは目を伏せて膝を曲げる礼の姿勢をとる。

そばにいた女児がきょとんと目を丸くした。

「お姉さん、王女さまなの？」

シェリンはあわてふためいた。いきなり正体を暴露され、どう返答しようか迷う。

「そうよ。王女さまよ。王女殿下とお呼びなさい。挨拶はこうよ。片足を斜め後ろに引き、もう片方の膝を軽く曲げる。背はまっすぐに伸ばしたまま。姿勢が悪ければ、格好悪く見えるわよ」

マイラの挨拶は模範的で、シェリンも感心してしまうほどだ。

その場にいる女児たちがいっせいにまねをする。

「上手にできたわね。これからも、その調子でご挨拶をするのよ」

マイラは子どもたちを褒めている。

シェリンも感心してしまった。昨日の会話から、彼女からはまっすぐな敵意を感じた。

だが、こうして話しているのを聞くと、むしろまじめで誠実な人柄のようだ。

「ギヨーム伯爵令嬢。髪をバルトに切られたのでしょう？　ごめんなさい」

彼女は眉をひそめてから首を横に振った。

「どうかお気になさらず。たかが髪のひとふさです。どうせ伸びるものですから、たいしたことはありません」

「でも、髪は大切よ。どうお詫びをしていいか——」

「ですから、髪などどうでもいいんです。はげにされたわけではなく、ひとふさ切られただけなんですから」

「そ、それはそうだけれど……」

マイラの態度はそっけなさすぎて投げやりにすら思える。

「ところで、王女殿下はなぜここに？」

マイラは面倒そうに話題を変える。

「カーテンを洗うためにきたの」

「そもそもの目的です。子どもたちと親しくなって、何かをなさるおつもりですか？」

「何かをなさるおつもり？」

マイラの発言に困惑してたずね返す。

「……子どもたちを何かに利用するとか」

「そんなつもりはないわ。わたくしは王女としての責務を果たしたいの」

「ひどい目に遭わされたのにですか？」

マイラに言われ、シェリンは唇を噛んでから答える。

「そうね、つらい目には遭ったわ……。でも、それを恨んで子どもたちにぶつけたりはしない。わたくしは、わたくしにできることをして理解をしてもらいたいと思っているわ」

シェリンの返事を聞いても、マイラは納得をしていないような顔だ。

「わたくしが信じられないのも無理はないわ。わたくしの行動から判断をしてほしいの」

「……本当に下心はないと？」

シェリンは微笑んだ。

「わたくしに下心があるとしたら、バルトをよく思われたい、かしら」

「辺境伯さまをよく思われたい？」

「王になるとしても、とても褒められた手段ではないでしょう」

「そういうことですか……」

マイラは井戸のそばにある大きな盥《たらい》にカーテンを投げ込むと、井戸から水を汲んで浸しはじめる。シェリンも黙々と手伝った。

石鹸液をつくって盥に投じてから、マイラはワンピースの裾を結んで、すねが見えるようにする。裸足になると盥に入りカーテンを踏みはじめた。

シェリンは別の盥に持参してきたカーテンを入れ、同様に水を汲みいれる。そこにカリアがやってきた。桶を両手に吊るしている。カリアは厨房でお湯を沸かす役割だったのだ。

「ギヨーム伯爵令嬢。お越しでしたか……」

カリアは不思議そうにも気まずそうにもする。シェリンは彼女に指示をする。

「両方の盥にお湯を足して。熱くしすぎないでね」

「かしこまりました」

カリアは井戸のそばに桶を置き、桶に突っこんでいた水汲みを使って、まずはマイラの盥に湯を足す。

「熱かったらおっしゃってくださいね」

「……ありがとう。ちょうどいいわ」

数回湯を足したところでマイラが制止をする。カリアはシェリンの盥にも湯を足してくれる。

カリアは石鹸液をつくってから盥に投入する。シェリンはその間にワンピースの裾を結び、すねをさらしてカーテンを踏む準備をした。

「王女殿下が下々の者のようなことをなさるのですね」

マイラの発言を聞き、シェリンは彼女に反論する。

「洗濯くらい、塔に幽閉されたときにしたのよ」

「……そうですか」

「ええ。だから、気にしないで」

シェリンはそう言ってからカーテンを踏む。踏んで汚れを浮かし、それを除去する。

こんな労働も気にならない。自分のことは自分でするという習慣を、皮肉にも幽閉されて身につけたから。けれど、マイラは貴族の娘なのに、なぜこんなことをするのだろう。

「ギヨーム伯爵令嬢は、なぜここにいらっしゃるの？」

「恵まれた者は善行をして人々に尽くせという聖教の教えに従っております」

「でも、みんなはあなたみたいにしないでしょう。寄付をして終わりよ」

「そうですね。でも、わたしは違うんです」

マイラはカーテンを踏みながらつっけんどんに言う。

ふたりが盥でカーテンを踏みながら会話をしている様子を、集った子どもたちが眺めている。

「ギヨーム伯爵令嬢には、善行をする理由があるの？」

シェリンの言葉に、彼女はカーテンを踏みつつうなずく。

「ございます。行方知れずになった兄の無事を神に祈っております。祈るだけではだめだから、善行を積んでいるんです」

「行方知れずなの？」

「どこに行ったかわかりません。それどころか、死んでいるのか生きているのかさえわかりません」

マイラはカーテンを踏むのをやめ、シェリンをじっと見つめて言う。

「兄は聖女フリアナの取り巻きでした。どこに行くのも一緒で、まるで馬の尻尾みたいでしたわ。ところがある日、兄はフリアナと出かけたきり帰らなかったのです。フリアナに問い合わせても、知らないという取りつく島もない返答でした」

「そんな」

シェリンもカーテンを踏むのをやめて彼女と向かい合う。

「兄がどこに行ったのか。生きているのか死んでいるのか……。せめてそれだけでも知りたいのに、わたしたちにはわかりません」

マイラは唇を震わせ、涙をこらえる様子だ。

「そうなのね」

「王女殿下はご存じありませんか？　フリアナの取り巻きには、行方が知れない者が何人もいるのです」

マイラの勢いに、シェリンは首を左右に振った。

「ごめんなさい、わたくし、知らなかったわ……」

シェリンは立ち尽くして記憶を探る。

そもそも、シェリンは何ひとつ情報をもらえなかった。塔に監禁されていたときも、地下牢に幽閉されていたときも、自分を取り巻く状況がどうなっているかなどわからなかったのだ。

「王女殿下もご存じありませんか……」

「力になれなくて申し訳ないけれど、知らないわ」

「……わかりました。きっとそうではないかと予想しておりましたから、お気になさらないでください」

マイラの返答を聞き、シェリンはわずかに考えてから思いつきを口にする。

「バルトにたずねたらどうかしら」

「そう思って、辺境伯にもおたずねしました。辺境伯は、フリアナの取り巻きに行方知れずの人間がいることをご存じとのことで、兄の件も調べるとお約束してくださいました」

「それはよかったわ」

シェリンはわずかに胸を撫でおろす。

バルトは責任感があるから、調べるというなら何かしらの結果を出してくれるだろう。

「辺境伯さまに髪を切られたおかげで、お近づきになれました。かえってよかったですわ」

彼女の口ぶりは深窓の令嬢らしくなく、その感想をつい素直に漏らしてしまう。

「……ギヨーム伯爵令嬢は、令嬢らしくない方ね」

「変わり者ですので」

「盥に入ってもいいですか!?」

大声で申請され、びっくりする。

ひとりの子どもがシェリンとマイラを見比べて言う。

「盥に入りたいです」

「僕も入りたい！」

子どもたちの声に、深刻な空気が一変した。マイラと顔を見合わせてからシェリンはうなずく。

「どうぞ、お入りください」

十人ばかりの子どもたちは、いっせいに靴を脱ぎだす。

「わたしも踏みたい！」

「カーテン、踏み踏みしたい！」

口々に言いながら、子どもたちがふたりの盥に入ってカーテンを踏みだす。

ぴちゃぴちゃと音を立てて踏み、中には石鹸液をすくってシャボン玉をつくる子もいる。

明るい笑い声を聞きながら、シェリンも笑みをこぼした。

（楽しいわ……）

これまでずっと険しい表情しかしてこなかったマイラも、ぎこちなく笑っている。

晴れ渡った空に、明るい笑い声が響き渡っていた。

その夜、シェリンは寝衣姿でバルトの部屋に向かった。

つい早足になってしまうのは、相談したいことがあるからだ。

バルトは居間のソファに座って書類を読んでいた。

「シェリン、どうしたんだ？」

バルトはシェリンの横に座って彼の顔を見つめる。

「シェリン？　見つめられるのはうれしいが、本当にどうしたんだ？」

怪訝そうな顔をするバルトに、シェリンは微笑んだ。

「わたくしと一緒に出かけてほしいの」

「もちろんだ。どこにでも行く」

バルトは爽やかに応じる。

「よかったわ」

「それで、シェリンはどこへ行きたいんだ？」

「養育院の薔薇園よ」

シェリンの返答に、バルトは不思議そうな顔をした。

「薔薇園？」

「わたくしも知らなかったことなのだけれど、都の郊外に養育園が所持をしている薔薇園があるそうなの。その薔薇園の精油を絞って販売し、子どもたちの養育費の足しにしているのですって」

カーテンを干しながらマイラに聞いたことだった。養育院の修道女たちは、薔薇の世話も仕事なのだという。

（道理で養育院のあちこちに不備があったわけだわ）

子どもたちの世話以外にそんな仕事もしていたのだから、時間も人手も足りなかったに違いない。

「薔薇園を見学したいのか？」

「いいえ、マイラ嬢に聞いたのだけれど、薔薇の生育が悪いそうなの。それで、わたくしの奇跡の力を借りることはできないかと頼まれて……」

口にすると、にわかに緊張してきた。

（できるかしら……）

最近は少しずつ力が増していることを感じている。そうはいっても、本当に花を咲かせることができるかどうかわからない。

「シェリン。大丈夫か？」

バルトが心配そうにシェリンの手を握る。

彼のまなざしを見つめているうちに、シェリンの胸にぽっと火が灯った。

（がんばりたい）

これはある意味試練なのだというおぼろげな確信があった。

シェリンは乗り越えねばならない。本物の聖女になるために――いや、それだけではない。

(あの子たちのためにやる)

子どもたちの生活をもっとよくするためにも、養育院のために花を咲かせたいのだ。

「正直、わからない。でも、やってみる。やりたいの」

己に言い聞かせるように決意を口にする。

自分の力を試してみる。本当に聖女になれるのかどうかを見極めるのだ。

「わかった。俺もついていく」

「バルトもくるの？」

「心配だからな」

バルトはそう言ったあとに、シェリンの右頬にそっと手を当てた。

「シェリンなら大丈夫だ。花びらが一枚増えたということは、力が増したということなんだから」

「そ、そうよね」

彼の言葉どおりであってほしいと心から願う。

「きっとバルトのおかげね」

聖女の百合の花は愛で育てる。ならば、バルトがこの花を咲かせてくれたのだろう。

「俺のおかげじゃない。シェリンは、本来ならば聖女になるべきだった」

バルトが悲しげに言う。

「あなたは陽のあたる場所で輝くべき人なんだ。それなのに、なれなかった。だから、俺に礼を言う必要なんてない。当たり前のことだと胸を張ってくれ」

バルトの励ましに、シェリンの胸から込み上げてくる思いがあった。

それはただの感謝とは違う熱くて深い思いだった。

(わたくしは、バルトが好き……)

はっきりと自覚する。

シェリンに嘘のない愛を捧げてくれ、支えてくれる。心細いときには励まし、そばにいてくれる。

シェリンは彼の背に腕を回して抱きしめた。

「バルト、ありがとう。大好きよ」

バルトが一瞬硬直する。それからおずおずとシェリンを抱きしめ返した。

「……シェリン。俺は……俺こそ救われたんだ。あのときも、今も。俺はどうしようもなく弱くて、あなたを助けにこられなかったのに」

シェリンは一瞬唇を鎖してから語りかける。

「バルトが来てくれなかったら、わたくしはまだ地下牢にいた。誰も助けてはくれなかったもの。バルトがわたくしを救ってくれたのよ、地獄の底から」

地下牢にいて玩具のようにもてあそばれた日々。バルトが都を陥落させなかったら、きっとずっと続いたことだろう。

「シェリン……」

バルトはシェリンを深く抱きしめる。シェリンの肩甲骨を覆うほど大きな手。筋肉質の身体。彼は強くてたくましいのにどこか脆さを抱えている。

「シェリンがうれしいことを言うから、抱きたくてたまらなくなった」

「え？」

シェリンは頬を朱に染める。体温も上がって身体が熱くなる。

「お、おかしなことを言わないで」

「おかしなことじゃない。率直な欲求だ」

バルトは抱擁を緩めてから、シェリンと向き合った。

「シェリン、俺はシェリンを抱きたい」

両頬を彼の手に挟まれ、シェリンは目をそらせなくなる。

翡翠色の瞳には情欲の炎が揺れて、シェリンをうろたえさせる。

シェリンは空唾を飲んで落ち着いてから、彼の頬の傷にそっと唇を押し当てた。

ランスと同一人物であると、とっさに見破れなかったほどに痛々しい傷痕。いったいどこでつけたのだろう。

(きっと、痛かったはずよ)

シェリンはこの傷痕が愛おしかった。彼が辿った厳しい人生があらわれているとしか思えなかったからだ。

上から下まで唇で辿ってから、バルトを見つめる。バルトは動揺したのか顔を赤くしている。

「バルト？」

「……シェリンはいたずらがすぎる」

呻くように言ってから、バルトはシェリンにくちづける。当たり前のように舌が挿入され、シェリンの舌を求めてくる。

「ん……んんっ……」

バルトの肉厚の舌に追われ、シェリンの舌はなすすべもなく捕まえられる。

だが、シェリンはいつものように受けとめるだけでなく、彼の舌を逆に舐め返した。

バルトが怯んだように動きを止める。シェリンはそれをいいことに、いつもとは違う攻勢に出た。

彼の舌の表面を舐めて、舌先をからませる。

(いつも気持ちよくしてもらっているもの……)

シェリンは与えられてばかりだ。バルトはシェリンを聖女にすると言い、細やかに愛撫してくれる。

シェリンも彼に応えなければならない。

言葉で感謝を伝えるだけでなく、行動でも示すのだと必死に舌をからめる。

バルトはシェリンのつたない愛撫を受け入れ、シェリンの好きにさせてくれる。

シェリンが懸命に舌で彼の口内を愛撫していると、バルトがシェリンの乳房を揉みだした。

薄い寝衣だから、彼の手の動きがよくわかる。バルトは乳房を根元から摑んで先端まで揉みしだき、寝衣を押し上げる乳首を指先で押しまわした。

シェリンの腹の奥がびくびくとうねる。彼の大きさも力強い突きあげも、すべてを知っている器官が期待にうごめいている。

「は……うん……んんっ……」

バルトの手の動きが悩ましくて、くちづけに集中できない。舌を動かすが気もそぞろになって、むしろ彼の舌に促される始末だ。

シェリンは指を彼の胸にそっと滑らせる。何度か上下させると、彼がくちづけをやめてシェリンの手を摑み、己の下肢に導いた。

彼のそこは、ズボンによく収まっていられるものだと感心するほどに張りつめている。

「バ、バルト……」

「俺と逆転したいなら、ここをシェリンが攻撃しないと」

「攻撃？」

予想外の要求におたおたしていると、彼が留め具をはずして下肢をあらわにする。

ぶるんと音を立てそうなほどに勢いよくあらわれたそれは、すでに天を向いていた。

シェリンは唖然として、彼の美貌と屹立する雄の証を見比べる。生々しい形と色には、いつも見てはいけないものを見ているという気分にさせられる。

「これを手でこすってもらいたい」

「手でこする……」

シェリンは呆然と繰り返しつつ、彼の顔を見つめる。迷った挙句に、シェリンはそっと手を伸ばした。

叢《くさむら》からそびえる肉の槍の根元をやさしく手で包む。指で囲っても囲いつくせないほどの大きさで、勇壮な意思を感じさせる。

シェリンは何度かこすってみる。芯には鉄が入ったように硬いようでいて表面はやわらかい。

男根以外では感じられない不思議な手ざわりだ。

「痛くない？」

「痛くない。むしろ、いい……」

バルトの声が甘くて、シェリンの耳はとろけそうだ。

（へ、変な感じになるわ……）

声を聞いているだけで胸の奥がざわめくし、お腹も熱くなる。

（だって、これがわたくしをおかしくするのだもの……）

シェリンを快感の極致に追いやる肉茎をこすっていれば、シェリンの身体だって変化してしまう。

それにしても、何度かこすっていると、やはり痛そうだった。

色もさらに赤黒くなったし、痛々しく見えてしまう。

「バルト、つらくない？」

心配になってそう告げると、バルトがシェリンの唇を指でなぞった。

「なら、口でかわいがってくれ。そうしたら痛くない」

「く、口で？」

にわかには信じられない。この大きくて存在感のある物体を口に入れろというのだろうか。

「嫌か？　嫌だよな。聖女であるあなたが咥《くわ》えるには、穢らわしいものだ」

自嘲されると、かえってやる気のようなものが湧いてくる。

「わたくし、やってみせるわ」

口を広げて勇壮な男根をぱくりと咥える。

シャボンの匂いがして、舌にはなにやら独特の味が広がる。しかし、嫌だとは思わなかった。

これはバルトの大切なもので、シェリンを官能に溺れさせるものだからだ。

「シェリン、手のように動かしてみてくれ」

バルトに言われ、唇を上下させる。手の代わりにやわらかな質感の唇でこするイメージで動いてみる。

「……シェリン、いいぞ」

バルトの声がしっとりと耳に染み入る。どうやら気に入ってくれたらしい。

それに自信を深めて、シェリンは口を動かす。唾液をまぶして滑りをよくし、何度か上下する。

「舐めてみてくれ」

さらなる要求にも応える。口を動かすと同時に舌を這わせた。

先端の尖った部分を舐めたとき、バルトが顕著に反応した。槍の穂先のようなそれの膨らんだ部分を舌先で何度も舐め、特にびくりと反応する部分をくすぐる。

夢中でしていると、バルトがシェリンの蜜壺を刺激するときのように腰を振りだした。

滑らかで力強い動きだが、喉の奥を突かれると苦しい。

「ん……んっ……」

息がしづらいという意味でうめいたが、どうやらわかってくれたようだ。

バルトはすぐに雄芯を口から抜いた。

「シェリン、すまない。興奮した」

「そ、そうなの？」

唇の端から漏れる唾液をみっともないと拭き、ソファにきちんと座る。顔が熱くてたまらない。

「聖女にこんなことをさせるなんて、俺は罪深い悪人だ」

バルトが、シェリンの頬の花を撫でながらしょんぼりとつぶやく。

「罪深いのかしら……」

「罪深いだろう。シェリンはベルーザの聖女。守り姫なんだから」

シェリンの耳に四年前に聞いた歓呼の声が甦る。

彼らの祝福を聞きながら、シェリンは幸福だった。あのときは知らなかった。幸福がガラス細工のように壊れやすいものだなんて。

シェリンは思い出に浸るのをやめた。

「初代聖女は国を統一したベルーザ王の花嫁だったのでしょう。だったら、わたくしたちみたいなことをしていたのではないかしら」

　初代聖女は子を産んだ。男子はベルーザの王になり、女子は聖女になった。

「そうだ、シェリンの言うとおりだ。聖女は王と結ばれた。ならば、俺たちが睦みあうのも問題はない」

　バルトはシェリンの腋に手を入れて己の膝の上にシェリンを乗せた。まるでバルトが椅子になり、その上に座っているような体勢だ。

　それから寝衣の裾をめくりだした。

「あの……」

「下をかわいがりたいな。シェリンのしゃべらない口のほうだ」

　寝衣を腿の位置までめくってから、ドロワーズを脱がせる。手際のよさは呆気にとられるほどだ。

　足首に落としたドロワーズも剝ぎ取られ、もっとも守られねばならない部分は無防備になる。

　バルトはシェリンの股間を膝で広げる。向かいに誰かがいたら、シェリンの秘処はまる見えになっているだろう。

「バルトっ」

「ここはどうなっているかな」

バルトはシェリンの蜜孔に指先で触れてきた。そこは湿り気を帯びていて、バルトの指が触れただけで震えるような官能を生む。

「ん……んんっ……」

「濡れてる……俺を舐めながら、ここをかわいがられることを想像したのか？」

バルトが意地悪を耳に吹き込む。ささやきながら耳殻を甘噛みされて、シェリンは腰を揺らす。

「そ、そんな想像してない……」

「いや、してるはずだ」

そう言いながらバルトは左手の中指を沈めてくる。

（痛くない……）

むしろ心地のよい違和感がある。指を何度か抜き差しされ、ぬめっている襞をこすられれば、シェリンの背筋を陶酔が昇った。

「あ……あっ……だめ……」

「シェリンはすごく覚えがいい。もうここをこんなに濡らして、気持ちよくなる準備をしている」

「変なことを言わないで……」

恥ずかしい。でも、気持ちいい。ふたつの感情が混じって、シェリンの心を波立たせる。

「褒めてるんだ。俺の指の感触を覚えているんだろう？」

そう煽られて確かにそうだと思う。

指の太さ、関節の当たり具合、すべてが快感を生む。

「もっと気持ちよくしよう。さっき上の口で舐めていたものをここにほしいと思わせるように」

バルトは右の指で陰唇の根元をこすりだした。

そこを覆う皮を剝かれて隠れていた陰芽を転がされれば、シェリンは喉を反らして感じ入ってしまう。

「は……はあ……はあっ……やあっ……」

指先でくるくると転がされれば、鮮烈な快感が生まれる。蜜襞もかきまぜられれば、愉悦の波にたえまなく襲われて、シェリンは息を乱すだけになる。

「バ、バルト、そんなにしちゃ……だめ……」

シェリンは腰を弾ませてあえぐ。内も外も愛撫されれば、何も考えられなくなってしまう。

「シェリン、かわいいな。もっと感じてくれ」

バルトは耳たぶを甘嚙みし、首筋にくちづける。蜜をまぶした指で陰芽をつまんでひねりながら、蜜壺をかきまぜる。

(気持ちいい……気持ちいいの……)

シェリンは、無意識に腰を揺らしながら彼が与えてくる官能を味わう。

バルトの手が罪深いのか、シェリンが淫乱なのか。

ともあれ、ふたりで生みだす快感はたまらなくよかった。

「あ……あっ……変に……ああっ……」

「達《い》きそうなのか、シェリン」

バルトにささやかれ、シェリンはうなずいた。

快感があふれだして、断続的に襲う頂に、シェリンは翻弄されていた。

「い、いくの……。おかしくなる……」

「シェリン、おかしくなっていい。あなたは聖女。どんなに乱れても、あなたの清らかさは変わらない」

「あ……だめ……だめっ……」

バルトの指がシェリンを追いつめる。陰芽をこすりたて、蜜襞をかきまわす。背筋に寒気に似た快感が立ち昇った。

「は……はあっ……あああっ……やあっ……」

腹がとろけて白い炎がシェリンの脳内を燃やす。

歓喜の果てにすべてが溶ける忘我の瞬間を、全身を震わせて味わう。

力の抜けた身体をバルトの胸に預けていたら、彼がめくれた寝衣の裾から手を入れて、乳房を揉みだした。

「あっ……やっ……」

乳首をひねられれば、絶頂の余韻が残った肉体はたちまちに反応する。

短い頂に我を忘れている間に、バルトはシェリンの蜜孔に肉棒の先端を押し当てていた。

ぬるりと狭間を割られればすぐに中ほどまで迎え入れてしまう。そうしながら乳房を揉まれれば、蜜壺がきゅうっとバルトを締め上げた。

「すごいな、シェリン。俺をほしかったんだな」

「ち、違うの」

「ほしくなかったのか？」

バルトは意地悪を言いながら、先端まで抜いてしまう。入り口をかきまぜられて、シェリンは半泣きになった。

（バルトがほしい……）

彼の肉体こそがシェリンを満たし、安心させてくれる。

「ほしい……。バルトがほしいのぉ」

子どもみたいに言えば、彼が満足したように深々と己を埋めてくる。

最奥をつつかれて、シェリンの脳内で快感が破裂した。

「ひっ……はぁ……」

「シェリンは弱いところがまるわかりだ。本当にかわいいな」

バルトが腰を動かしだす。最奥をこじあけるように深々と突き刺したあとに入り口まで抜き、次には中ほどまで収めて蜜壺をかきまわす。

繰り返されれば蜜襞は愉悦におぼれ、肉棒にからみついて奥に引き込もうとする。

「シェリン、もうちょっと待ってくれ。俺もシェリンの中で果てたいが、あと少し楽しみたいんだ」

バルトが耳に熱い息を吹き込みつつ訴える。

「あ……あっ……で、でも……もうっ……」

「達きたいんだな。でも、まだだめだ」

そう言いながらも、バルトは乳房をきゅうっと摑んでシェリンを下から突き上げる。

上下に揺さぶられ、シェリンはわけがわからなくなった。

「あ……あ……気持ちいいっ……奥……溶け……」

バルトに深々と突き刺された瞬間、シェリンの蜜壺が熟したいちじくのようにとろけた。

絶頂の瞬間を声もなく味わい尽くす。

虚脱したシェリンの身体を背後から深く抱きしめて、バルトは最奥に先端を押しつけた。

精を吐かれて、シェリンは心身ともに満たされる。

（バルトはわたくしを愛してくれる……）

そして、シェリンもバルトを愛している。身体をつなげて深いところで混じりあう瞬間、シェリンはそれを心の隅々まで実感する。

「シェリン、すまない」

バルトがシェリンを抱きしめながら謝罪する。

「バルト？」

「あなたに残したいんだ。俺のことを」

バルトはシェリンの手に己の手を重ねてくる。バルトの大きく節張った手。シェリンを守り、翻弄する彼と同じくらい好ましい。

「わたくしは、決してバルトと離れはしないわ」

魔女だから、いずれは彼と別れてひとりで生きようと思っていたし、覚悟もしていた。けれど、今はそんな気持ちはない。

（バルトと一緒にいたい）

これからもずっと。もちろん、バルトが望んでくれたらだけれど。

「あの、でも、バルトが迷惑だったら、わたくしは出ていくから……」

バルトがシェリンを深く抱き、頬に唇を押し当てる。

「俺が迷惑なんかするはずがない。あなたを愛している、一生共にいたい。けれど、俺は

「……あなたに残したいんだ。俺とあなたが愛しあったという証を」

バルトの言葉の意味がわかった。

（わたくしとの子どもがほしいと思ってくれているのだわ……）

こうやって密に身体を重ねていれば、いつかはシェリンも懐妊にいたるのだろうか。

（信じられないわ、こんなふうになるなんて）

夢のようだと思う。

魔女として憎悪され、罵倒され、いずれは命を奪われるのだと考えていたのに、今は誰よりも信じられる男の腕の中にいる。

「……わたくしもほしいわ。赤ちゃんを」

バルトや子どもと笑いあって日々を過ごすことができるなら、どれほど幸せだろうか。

「ありがとう、シェリン」

バルトの声はどこか寂しげで、シェリンを不安にさせる。

「バルト？」

「あなたが愛しくてたまらない。まだ付き合ってくれるだろうか」

気づいたときには、蜜壺が押し広げられる感覚が生まれていた。どうやらバルトの男根はまたもや復活したようだ。

「バ、バルト!?」

シェリンはあわてふためく。だが、彼が腰を使いだすと、再び甘い官能の波が押し寄せてきた。

「バルト、ああ……」

「シェリン、受け入れてくれ。俺をあなたの奥深くに」

バルトがいきりたった肉の槍を浮き沈みさせる。シェリンは甘い息をこぼして、彼の攻撃を受け止めるだけになった。


翌日、シェリンはクライブの訪問を受けた。

贈り物がしたいと言い、商人を連れてきた。

「贈り物など必要ないのよ」

客間のソファに座るシェリンはつい渋面になるのに、クライブはまったくかまわず目の前に商人を座らせる。

壮年の男で口ひげがきれいに整えられた商人は、恭しく木箱を開けた。

中には香木が入っている。

甘い香りがぷんと漂った。

「……もしかして、麝香かしら」

「おっしゃるとおりでございます」

「聖女にふさわしい高貴な香りですよ」

商人と並んで座るクライブは笑顔だ。

「高価なものでしょう？　わたくしは要らないわ」

「そんな聖女さま、もったいのうございますよ。このように上等な麝香は、めったに手に入りません」

商人は揉み手をするように推薦してくる。

「そうですよ。いい香りは聖女の力を強くすると言います。いかがですか？」

クライブの言葉に、シェリンは彼を見つめる。

どこかで嗅いだことのある香りだ。牢の中ではなかったか。

汚臭に混じりきらない芳香。あれは聖女の――フリアナの香りではなかったか。

シェリンは思わず心を惹かれる。

(香木のひとつで力が手に入るなら……)

どれほどいいだろうか。だが、すぐに思いなおす。

(こんなものに頼ってはダメ)

香木に頼って力が増すはずがない。その程度の条件で聖女の力を保てるのならば、シェリンはとうの昔に聖女になれたはずだろう。

「要らないわ。わたくしは物には頼りません」

シェリンは背を伸ばして言う。

この麝香ひとつでどれほどの民の食事がまかなえるだろう。

そう思うと、己の力と引き換えにしようとは、どうしたって思えないのだ。

怒るかと思いきや、商人はうなずいた。

「聖女さまが不要だとおっしゃるのならば、他のお客さまを探します」

「ごめんなさいね、わざわざ来ていただいたのに……そうだわ。この香木は異国から仕入れたものでしょう？」

「おっしゃるとおりです」

「では、香りを売買しているわけね。たとえば、とても香りのいい精油は異国に売れないかしら」

「具体的には？」

シェリンは養育院の薔薇園の話をした。高値で買ってくれるところがあれば、養育院にとって助かることだからだ。

「ああ、それでしたら、なんとかできるかもしれません」

「本当に？」

「オルタナでは薔薇が咲かないのです。オルタナならば精油も売れます」

「オルタナ……」

敵国である。複雑な思いが込み上げるが、商人は気にした様子もなく続ける。

「敵国ですが、物は売れます。しかも、高値で売れるかもしれません。以前もそれなりの品質のものが、想定以上の金額で引き取られましたので」

「お願いできるかしら」

「もちろんです」

シェリンは密かに喜びを噛みしめる。

クライブが首をひねった。

「しかし、養育院の薔薇は咲いていないと聞きますよ。養育院の者たちは、やきもきしているそうですが」

「そ、それは、わたくしがなんとかするわ」

「へぇ、王女殿下が？」

クライブは挑発的に微笑む。

「できるのですか、王女シェリン」

「ええ、やるわ」

養育院の経済状況を改善するためなら、試してみる価値はある。

「期待していますよ。聖女の本領を発揮してください」

クライブの言葉は挑発としか思えない。シェリンは唇を引き締めてうなずいた。

数日後。シェリンはバルトと共に養育院の薔薇園に向かった。

馬車に乗って外を眺める。見渡す限りに広がる小麦畑の小麦はすくすくと丈を伸ばし、緑の葉を風に揺らしている。

「大丈夫ですよ、きっと。薔薇は咲くはずです」

「がんばるわ」

カリアと話していても気もそぞろで、心の中では不安をなだめようと懸命だった。

（できるはずよ、きっと）

今日の前に、庭の薔薇に力を振るってみた。

蕾の薔薇で花開いたのは、五つのうちのひとつかふたつ。それも五分咲きくらいだった。

（昔は違った……）

聖女候補のときを思い出す。深く考えなくても、シェリンは花を咲かせることができた。

願いを抱いて手をかざせば、薔薇も百合もミモザも満開になったのだ。

しかし、今はそれが難しい。体内から自然とあふれる力はなくなったのだと自覚せざるを得ない。

「薔薇は咲かなかったわけではありませんもの。大丈夫です」

カリアが懸命に慰めてくれる。シェリンは彼女にうなずいた。

「わかっているわ」

「わたしには奇跡の力のことはわかりませんが、聖女候補でいらしたときと違うところはおありですか？」

カリアにたずねられ、シェリンは考える。

「……昔は力が無限にあふれる気がしたけれど、今は違うわ。身体の底から振り絞る感じかしら」

例えるなら、凍った池のわずかな隙間から水を汲んでいるといっていいのか――ともあれ、かつてのように風や陽の光を感じて、それを振りまくような無限の力が湧いてくる感覚はない。

「わたくしには、まだ難しいのかもしれないわ」

「シェリンさま。ご自分を信じてくださいませ」

カリアがシェリンの手を握って励ます。

「シェリンさまは自分を小さな籠に入れようとしているように思えます」

「小さな籠？」

「はい。本来ならば空を飛べる鳥なのに、羽を失ったように籠の中に閉じこもっている。そう見えるのです」

「わたくしは、そんな……」

否定しきれなかった。カリアの指摘はもっともに思える。

（わたくし自身がわたくしを信じていない）

だったら、力が湧いてくるはずがない。自分という瓶に蓋をしているのは自分なのだから。

「シェリンさま。花が満開にならなくてもいいじゃありませんか。いくつか咲かせただけでも、十分です」

シェリンの手を握ってくれるカリアは、必死の顔をしている。

「……ありがとう」

シェリンは小さく顎を引く。

（わたくしがわたくしを信じてあげないと）

カリアの言葉をシェリンは懸命に己に言い聞かせた。

馬車が薔薇園に到着する。陽は中天に達し、風は温かい。

空が高いが雲は多く、何度も太陽を隠しては早足で去っていく。

シェリンはバルトやカリア、一足早く到着していたマイラを引き連れて、薔薇園の中ほどまで進む。

薔薇は蕾ばかりだった。しかも、蕾は固く、咲きかけているものは少ない。

「どうでしょう、王女さま」

マイラの質問に、シェリンは薔薇にそっと触れてみた。

「そうね。王宮の庭より生育は遅れているわ」

「咲かせることはできそうですか？」

マイラの質問は直截《ちょくせつ》だ。シェリンは空唾を飲んでから慎重に答える。

「やってみるわ。けれど、この薔薇園一帯に花を咲かせることができるかどうかは――」

「王女シェリン、辺境伯さま、どうですか？　薔薇は咲きそうですかー？」

のんきな声が聞こえて振り返る。

背後の農道には、馬に乗って手を振るクライブがいた。

「そんな……」

シェリンは唖然とした。クライブの周囲にはたくさんの人間がいた。

一目で貴族とわかる礼装を着た男たちと華やかなドレスの女たち。特に女たちは日傘をさして完全に物見遊山《ものみゆさん》の風情である。

「なぜこうなったんだ？」

バルトの問いに、シェリンはこの間の商人との一件を説明する。

「つまり、クライブが貴族どもに言いふらしたということだな」

怒りの滲んだバルトの低い声に、みな黙りこむ。

「応援してますよ、王女シェリン！　みごとに花を咲かせてくださーい！」

クライブは山で叫ぶときのように手を口のそばに当てて叫んでいる。

あまりにも他人事のような励ましに、シェリンは胸を押さえた。心臓が痛くなりそうだ。

「軽率すぎる馬鹿め、殺してやる」

バルトが血相を変えている。シェリンはあわてて制止をした。

「やめて。メリア伯はオルタ公のご子息よ」

貴重な味方であるオルタ公を敵に回すのはよくない。

シェリンは懸命になだめるが、カリアまでも息巻く。

「辺境伯さま、その意気です。あんな屑、殺《や》っちゃってください」

「殺すのはだめでしょう」

マイラは冷静に制止をしたあとで付け加えた。

「とはいっても、メリア伯はずっとあんな感じの軽薄なお方です。先王のときからパーティーが大好きで、カードゲームの仲間だったという話ですから、半殺しにして思い知らせたほうがよいかもしれません」

「マイラ嬢!?」

シェリン以外はクライブを制裁しかねない人間ばかりだ。

「わたくしは大丈夫。がんばるわ」

一歩前に出て蕾だらけの薔薇園を見渡す。

地平線まで続く薔薇園を目にしたとき、途方に暮れた。肩に重たすぎる荷を載せられたようだ。

「花を咲かせるですってよ」

「できるのかしら。だって、シェリンさまはその……魔女だったのよ」

「聖女なのに魔女とされていたという話よ、聖女フリアナに」

「ありえる話ねぇ。あのフリアナですもの」

「夫人のご子息も毒牙にかけられたんでしょう、フリアナに」

「そちらのご子息もずいぶんと熱をあげていたという話を聞きましたわ。仕方ありませんわよね、フリアナは美人でしたもの」

「シェリンさまにできるんでしょうかねぇ。わたくしたちの期待をすっかりと裏切って、魔女に堕ちていた方に」

嫌味と皮肉が聞こえる。おそらくは聞かせているのだ。シェリンに思い知らせたいのだろう。

聖女とは名ばかりではないのかと。

心臓がどくどくと鳴っている。痛いくらいの緊張を覚えてしまう。

（わたくしにできるのかしら……）

聖女廟でシェリンの頬を撫でた首のない聖女たち。彼女たちからもあからさまな失望を感じた。シェリンはできそこないであり、彼女たちの仲間入りをするにはふさわしくない女だった。


（もしも、花が咲かなかったら……）

シェリンは魔女として罵られるだろう。貴族たちは再びシェリンを蔑む。

魔女が聖女に戻れるはずがないのだと。

足に根が生えたように動けずにいると、バルトが横に立った。そっと手を握ってくる。

彼を見上げれば、穏やかに微笑んでいた。かつてランスと呼んでいたときと同じように静かで温かみのある笑みだった。

（バルトは味方でいてくれる）

たとえシェリンが魔女と悪罵され、石を投げられても、バルトだけはシェリンをかばってくれるだろう。

『間に合わなかったのに？』

シェリンの心にいる〝魔女〟がささやく。もっと早くにきてくれたなら、わたくしは苦しまずに済んだのにと。

だが、不信という名の奈落に引きずりおろそうとするその声を即座に否定する。

『バルトは傷だらけだった』

彼はあがいたのだ。兄に辺地に追いやられたバルトは、敵と戦うことでしか味方の信頼を勝ち取ることができなかった。身体についたいくつもの傷が彼の苦闘の日々の証だ。

「シェリン、花なんか咲かなくたって大丈夫だ。俺はあなたのそばにいる。あなたを守り抜く」

バルトがシェリンの手をとり、己の額に押し当ててささやく。

「あなたは俺にとって聖女だ。たとえ力がなくても、この世でもっとも尊い女《ひと》だ」

バルトの声を聞き、荒れくるっていた鼓動が収まっていく。

むしろ闘志のようなものさえ、湧いてくる。

(わたくしが、わたくしを信じる……)

愛こそがシェリンを聖女にするのだとバルトは言った。ならば、バルトにこんなにも愛されているシェリンが聖女になれないはずがない。

「バルト、ありがとう。わたくし、やるわ」

彼が手を緩める。シェリンは薔薇園に身体を向けて両手を合わせる。

見渡す限りの薔薇の蕾。固くこごったそれらは、いつまでも咲きはしないように見える。

シェリンは目を閉じた。

心の内に描くのは羽が生えた鳥のイメージだ。鳥は鳥籠の出口に立っている。外は怖い。

でも、吹いてくる風は自由と解放感に満ちている。

合わせた掌が熱くなる。熱はシェリンの手を焦がしそうだ。

（大丈夫）

これは錯覚で、シェリンの手は焼けたりしない。ただ熱いだけで、それはシェリンが持つ力を意味する。

シェリンは目を開けた。両手には黄金の鱗粉がまとわりついている。砂金のような光の霧が、シェリンの手を覆っている。

シェリンは手を薔薇園に向かって広げる。黄金の霧は風に乗って地の果てまで続く緑の花園を覆う。

シェリンのすぐそばにあった薔薇の花がほどけるように咲いた。桃色の愛らしい薔薇だ。それが合図のように薔薇園の薔薇が次々と咲いていく。開花の波はどんどん広がって、地の果てまでも続いていく。

（できた……）

シェリンは立ち尽くしていた。昔と比べてぎこちない感触はあったけれども、シェリンは確かに力を振るい、結果が生まれた。

薔薇は艶やかに咲いて気ままに風に揺られている。それなのに、その場はおそろしいほどの沈黙に支配されていた。誰も一言もしゃべらない。だから、シェリンはにわかに不安になった。

(もしかして、わたくしは幻影を見ているのかしら)

その可能性は否定できない。シェリンは自分の手の甲を摘《つま》んでみる。

「痛っ」

瞬時に走った痛みに、摘んだところを押さえる。

バルトが顔色を変えてシェリンを見つめた。

「怪我をしたのか、シェリン!?」

「違うのよ、バルト。わたくし、本当に花を咲かせたのかと心配になって……夢じゃないのかと自分を摘んでみたの」

「夢のはずがない、シェリン！　この花はシェリンが咲かせたんだ！」

バルトはそう叫ぶなり、シェリンを抱きかかえた。バルトにかかえられ、背が伸びたようになって薔薇園を見渡す。

果ての果てまで色がついていた。濃淡は様々だが桃色から紅色まで満開になって風に揺られている。

カリアは両手に顔をうずめて泣きじゃくり、マイラは唖然としていたが、シェリンに対して深々と礼の姿勢をとった。

「王女殿下。あなたさまはまさしく聖女です。ベルーザを守る守り姫だということを認め

ない者はいないはずです」

　マイラは身を起こすと、観客のもとに歩いていった。立ち尽くしている貴族たちに厳かに促す。

「頭を垂れて、我らの聖女に礼を尽くしてくださいませ」

　先ほどまでシェリンを嘲っていた貴族たちが、顔を見合わせたあとに礼をする。

「聖女シェリン、ベルーザの守り姫。どうかとこしえに我らをお守りください」

「ベルーザに祝福を」

　彼らの賛嘆を聞き、シェリンの胴が震えた。

　感動のような――身が引きしまるような思いだった。再び背負った聖女の呼称が、ひどく重く思えた。

（わたくしは聖女……）

　そう呼ばれることは、もっとうれしいことだと思っていた。魔女という汚名を返上し、聖女という輝かしい名を手に入れることは、シェリンの願望だった。

　だが、それを手にした今、胸に去来するのは喜びだけでなく未来への不安である。

　このまま聖女の力を保持していられればいいが、またしても奪われてしまうのではないか。

　シェリンが不安に苛まれて、彼らから目をそらしたとき。

農道の端に馬車が見えた。質素な箱型の馬車の窓から、誰かの頭が覗く。

(誰……)

なんとはなしに視線を感じ、眉をひそめたときだった。

馬車が進みだし、視界から消える。

ふと視線をそらしたとき、手を叩くクライブが見えた。彼は目を細めてシェリンを見つめ、拍手をしている。しかし、そのまなざしは冷たかった。まるでつまらない見世物にお義理に手を叩いているようだ。

「……バルト、下ろして」

地面に足をつけてから、シェリンはバルトをあらためて見つめた。

「シェリン、あなたは立派だ。自分に打ち勝ったんだ」

バルトはシェリンの手を両方握り、我がこと成れりというように喜んでくれる。シェリンはバルトの手を握り返した。

「ありがとう。あなたのおかげよ」

シェリンが聖女としての力を取り戻したのは、バルトが愛してくれたからだ。

(だから、自信を持てたのだわ)

バルトはシェリンを支えてくれる。それをきちんと感じられるのがうれしい。

ふたりで身を寄せ合っていると、ユーリがやってきた。彼は胸に手を当てて恭しく礼をする。

「シェリンさまにおかれましては、聖女の力を取り戻し、お喜び申し上げます」

「ありがとう、ユーリ」

祝いを述べながらも、ユーリは浮かない顔だ。

「……何かあったの？」

シェリンが訊くと、彼は重い息をついた。

「先ほどの馬車ですが、乗っていたのは聖女フリアナのようです」

「え」

シェリンは絶句した。フリアナは生きている。その情報を聞いて喜べないことに、シェリンは複雑な心境になった。

「追手は？」

「かけております」

即答されても、バルトは少しも安心していないようだった。

「フリアナは聖女だ。奇跡の力を有しているし、捕まえるのは難しいかもしれないな」

バルトのつぶやきを聞き、シェリンも同意せざるを得ない。

シェリンは薔薇が満開になった薔薇園を再び眺めた。

美しく香り高い薔薇園に、不安の種を蒔かれたような気がしてならなかった。

五章　聖女の決意

七日後の夕刻。

シェリンは鏡で己の顔を見つめた。

頬の百合の花は三枚に増えている。

（まるで、試練に合格しているよう）

聖女廟で花びらを失ってから、それをこんどは増やしている。

魔女に堕とされたシェリンだが、今は一歩一歩復活の道を歩んでいるのだ。

カリアがシェリンの髪に櫛を通しながら声を弾ませる。

「本当に喜ばしいことですわ。シェリンさまの百合が復活しているのは」

「カリアのおかげよ」

「わたしは何もしておりません。シェリンさまが善行をこなしているから、神さまも祝福してくださっているんですわ」

「そうね……」

カリアに応えながらも釈然としないものを感じる。

（善行だったら、誰でもしているわ）

マイラだって養育院にたびたび足を運んでいる。むろん、彼女は聖女候補ではないから、聖女になることはないけれど。

(やはりバルトのおかげなのよ)

バルトがシェリンを身も心も愛してくれているから、開花が進んでいるのだろう。

「それにしても、銀狼伯さまもユーリさまもしっかりしてほしいものです。聖女フリアナを見つけられないなんて」

カリアがプンプンと子どものように怒っている。

「……本当にフリアナかはわからないでしょう？」

「でも、追手は不思議な力を使われて、まかれたんですよ。ということは、フリアナの可能性が高いってことですよ！」

カリアの言い分を聞きながら、シェリンは唇を鎖す。

バルトの報告では、ユーリの部下が馬車を追ったが、森に入ったところで霧が目の前を覆ってしまい、見失ったという話だった。

「あの日は晴れていたんです。それなのに、霧が出ただなんて……。フリアナの奇跡の力ですよ、きっと」

「……そうかもしれないわね」

シェリンは慎重にうなずいた。晴天に突如として視界を覆った深い霧。それが聖女の力だとしても不思議はない。

「生きていたんですね。さすがに悪運が強い」

カリアの毒舌に、シェリンはやや怯む。

「せ、聖女だもの」

「シェリンさまと比べたときに、どちらが魔女かって問われたら、十中八九フリアナを魔女だと答えますよ！　とんでもない性悪女なんですから！　ギヨーム伯爵令嬢だっておっしゃっていたでしょう!?」

「そうね……」

馬車に乗っているのがフリアナかもしれないと聞かされたとき、マイラの顔色は変わった。

『捕まえてください！　フリアナは兄の行方を知っているかもしれないんです！』

マイラは泣きそうな顔をして、バルトにすがりついた。

『お願いです！　兄は……せめて、生きているか死んでいるかだけでも知りたいんです！』

悲痛な叫びだった。こんなふうにフリアナにも迫ったのだろうと思わせるような焦燥感に駆られた声だった。

『落ち着いてくれ。追ってはいるが、フリアナは聖女だ。どんな力を使うかわからない』

『わかっておりますわ。でも……でも……』

マイラの嘆きに、シェリンも胸が痛かった。

「聖女フリアナは邪悪な女ですわ。シェリンさまを痛めつけていただけでなく、取り巻きの男たちを何人も行方知れずにさせていたなんて」

「当時は問題にならなかったのかしら」

シェリンの疑問に、カリアは髪に薔薇の精油を塗りこんでくれながら答えた。

「ベルーザの守り姫ですもの。誰も何も言えなかったんでしょう。行方知れずといっても、フリアナの取り巻きになるような男たちですよ。ろくな人間じゃなかったはずです」

「……マイラのお兄さまは、まじめな方だったらしいけれど」

家を盛り立ててもらうために、フリアナのご機嫌取りに汲々《きゅうきゅう》としていたらしい。

「王も聖女も気ままで、みんな不興を買わないように必死だったんでしょう」

カリアの突き放したような物言いを聞き、シェリンはうつむいた。

バルトがあっさりと都を陥落できたのも、結局は国王リオンと聖女フリアナが人望を失っていたからだ。

部屋に精油の香りが漂う。華やかで甘い香りを嗅いでも気分がすぐれないのは、やはりフリアナが身内だからだ。

(他人だったら、きっとなんとも思わなかったのに)

心が沈んでいく。

カリアが髪をまとめながら言った。

「シェリンさま。元気をだしてください。これから、口うるさい方々とお会いするんですから」

「わたくしは、大丈夫よ」

シェリンはしっかりとうなずく。

口うるさい方々という表現には抵抗あったが、まさしくそういう人間たちと会うので、下手に否定はできない。

「祝賀会ですって。シェリンさまが聖女に復帰されることを貴族のお歴々がお祝いしたいだなんて……ご立派な心がけですこと！」

カリアの言い方には棘があるが、実際そういうことであった。

『聖女にお目見えしたいそうだ、貴族どもが。どうする、シェリン？』

バルトに問われ、シェリンは承諾した。

シェリンが聖女であることを示せば、バルトの役に立てるはず。そういう思惑もあった。

「シェリンさま、何かつまらないことを言われたら、奇跡の力を見せてやればよろしいですわ！　あいつらはきっと黙るでしょうから」

「そ、そうね……」

相も変わらず、カリアはシェリンの先回りをするように攻撃的だ。

(冷静でいよう……)

冷や水を浴びせられた思いで、シェリンは己に言い聞かせた。


その夜。

王宮のホールには高位の貴族たちが集っていた。

シャンデリアの明かりがふんだんに灯され、鏡のように磨かれた床に反射している。きらびやかに着飾った貴族の夫人や娘たちが扇を手におしゃべりをし、男たちも輪になって笑いあっている。男の胸や女の髪飾りには薔薇の蕾が飾られていた。

もっとも、そんな彼らもバルトに連れられてシェリンがホールに足を踏み入れると、そろって礼の姿勢をとる。

集中する視線に緊張が高まり、足がもつれそうになった。

「シェリン、俺がいる」

傍らにいるバルトにささやかれ、シェリンは背筋を伸ばした。

(バルトには迷惑をかけたくない)

聖女は王を支えなければならない。

初代の聖女は、未来の夫が国を興すときに助力したのだから。

バルトとシェリンがホールの正面にしつらえた玉座に座ると、近くに立つ高位貴族のひとりが一歩前に出た。

「聖女シェリン。ベルーザの守り姫よ、力なき我らに祝福をお与えください」

シェリンは彼にうなずくと立ちあがった。

「ベルーザの民を導く皆さまに、わたくしからささやかな贈り物をいたします」

シェリンが両手を合わせて祈れば、黄金の光が集まってくる。

両手を広げて光をホールの隅々まで振りまけば、人々が身につけていた薔薇が次々に開花した。

「さすが聖女さま！」

「これぞ聖女の奇跡の力、まさにすばらしい！」

貴族の面々のお追従《ついしょう》に、シェリンは微笑みを引きつらせた。

（本気で言っているのかしら……）

彼らはシェリンを魔女として扱ってきた。誰も助けようとしなかったのがその証だ。

ところが今や、シェリンを聖女と呼んで崇める。

（わたくしが今ここに立っていられるのは、バルトのおかげ）

孤独と恐怖の日々を終わらせてくれたのはバルトだ。ここにいる貴族たちではない。しかし。

（いけないわ、こんな考え方は）

自分は確かに魔女で、だからこそ人々から忌避された。バルトの助力で聖女の力が復活しているのだ。彼らの立場になれば、今になってシェリンの扱いを変えるのは当然なのだ。

ざわめきが収まらぬ中、給仕人がいっせいに入ってきてグラスを配りだす。おそらくは酒なのだろう。

シェリンの隣にバルトが並び、ふたりにもグラスが渡される。

クライブが一歩前に出て、貴族たちに聞かせるように言う。

「聖女シェリンがいらっしゃれば、ベルーザ王国は安泰。聖教の教皇さえ決まってしまえば、即位式が開かれ、辺境伯も聖女の祝福を受けられる。実にめでたいことです」

「メリア伯のおっしゃるとおり。我らの未来は明るい」

「まったくそうですわ。ベルーザを守る守り姫がどんな災厄も打ち消してくださるのだもの」

「では、我らが聖女の未来に乾杯を」

貴族たちがグラスを掲げて歓呼する。シェリンもグラスをぎこちなく持ち上げた。

ここにいる人々が内心ではどう考えているかなどわからない。だが、聖女と呼ばれるならばシェリンには国を助ける義務がある。なによりバルトを支えるのがシェリンの使命だ。

シェリンはグラスを傾けて飲むフリをしてから、近寄ってきた給仕人にグラスを戻した。

正直、酒は好きではない。

軽やかな音楽が鳴りだし、貴族の子弟と令嬢たちが踊りだす。

楽しげな声を聞きながら、シェリンはバルトの手を借りて宝座に座る。

そこにクライブがやってきた。

「聖女シェリン。俺と踊っていただけませんか？」

「わたくしが？」

「ええ。はじめに聖女の手をとる名誉をお与えください」

シェリンは横にいるバルトをそっと見る。

彼は眉を寄せ、あからさまに不機嫌な様子になった。

「聖女の手をとるに値する男だと思っているのか、メリア伯」

「ええと。これは礼儀の一環でして――」

「聖女はおまえのような薄汚い手が触れていい存在じゃないんだぞ。図々し――」

「メリア伯。わたくし、久しぶりですので、うまくエスコートしてくださるとうれしいですわ」

シェリンは微笑みつつクライブに手を差し出した。

クライブをバルトの味方にしておくためにも、ここは自分が動く必要がある。

「聖女シェリン、感謝をいたします」

クライブに手を引かれ、ホールの中央に出る。

ポジションについたあと、クライブが三回足を鳴らした。聞き覚えのある音だ。

クライブはシェリンの顔を正面から覗いてくる。

「ダンスはお得意ですか？」

「いえ、わたくしはむしろ苦手なほうで……」

シェリンは気恥ずかしくなりながら答えた。実際、ダンスは昔から不得手だった。

足の運びにいつまでも慣れず、よく転んではリオンとフリアナに笑われたものだった。

「どうか俺におまかせください。ダンスは得意です」

「よろしくね、メリア伯」

弦楽器が優雅な旋律を奏ではじめる。身体が自然と動きそうな、リズムカルな曲だ。

クライブのステップに続いて足を運びだす。

足がもつれたのは一瞬で、なんとかステップを思い出し、彼に遅れないように足を動かす。

周りで踊っている貴族の男女は、余裕の表情だ。

しかし、シェリンは必死で、笑顔をつくることもできない。

「聖女シェリン。笑ってください。そこらの臣民にあなたの美しさや華やかさを見せつけるべきですよ」

クライブは軽々とステップを踏みながら言う。

彼が動くたびに麝香の香りがする。

「わ、わたくし、ダンスが苦手で……」

「聖女フリアナは得意でいらしたのに、姉妹といえど違うのですね」

シェリンはクライブを見上げた。頭ひとつ上にある彼はにっこりと笑う。

「メリア伯……」

「集中してください。下手だと自覚されているなら」

クライブがステップを大きく踏みだし、シェリンは彼に追いつけなかった。

ぴかぴかの床で不幸にもヒールが滑り、シェリンはその場に倒れる。

とっさに身を投げ出したのは、膝を打たないようにするためだ。膝をまともに打つと、立つことにすら苦労することを虐待されていたときに学んだのだった。

「シェリン！」

バルトに抱きかかえられ、シェリンは面食らった。

「バルト……」

「メリア伯。おまえはとんでもない下手くそだな。シェリンのエスコートもろくにできないとは」

けんか腰のバルトに、シェリンはあわてた。

「バルト、わたくしは大丈夫よ。怪我はしていないし」

「聖女シェリン、申し訳ありません。本当にお怪我はありませんか？」

クライブが悲しげな顔をする。シェリンはうなずいた。

「ええ、大丈夫です。無事で――」

「きゃあっ！」

シェリンの返事にかぶさる悲鳴。ダンスをしていた令嬢が、倒れたパートナーを呆然と見下ろしている。

「わ、わたしは何もしていないわ！　この男《ひと》が急に倒れて――」

令嬢はおろおろしている。

「バルト下ろして」

シェリンは彼に頼んで床に下ろしてもらってから令嬢に近づいた。

「どうしたの？」

「いきなり倒れたんです。血を吐いて……。わたしのドレスが汚れたわ！」

シェリンは倒れている青年に近づく。

直後、周囲にいる人間がしゃがんだり、倒れたりしだした。その数は五人、十人と増えていく。

突然の異変に、シェリンは面食らう。

「医師を呼べ！　手が空いている者は倒れている者の世話を。給仕人は水と布を持ってこい」

バルトの命令を聞き、各人が動きだす。

シェリンは最初に倒れた青年のそばに膝をついた。

口の端から血が流れ、吐き出す血を抑えようとしたのか、手にもべったりと血がついている。

「どうしてこんなことに……」

困惑しながら青年に触れる。意識がもうろうとしているようで、反応はない。

呼ばれた医師がホールに入室し、倒れた人間の診察をしている。口元の臭いを嗅いだひとりが叫んだ。

「毒をもられております！」

周囲が波のようにざわめいた。

「毒ですって!?」

「いったい誰が……」

「給仕人を捕まえろ！　先ほど飲んだ酒が怪しい」

「酒に毒をもるなんて誰がやらせたんだ？」

彼らは口々につぶやき、おそるおそるシェリンとバルトの様子を窺う。

その様子を見て、シェリンは唇を噛んだ。

(まさか、わたくしたちが疑われている?)

毒をもるよう指示したのが、バルトとシェリンだという疑念を抱かれているのか。

「なんという下劣な疑いをシュヴァイン辺境伯と聖女に向けるのか。おふたりにあなた方を毒殺する動機があるというのでしょうか?」

クライブは両手を広げ、大げさに嘆く。

「しかし、おふた方が毒をもりたいと願っても、仕方がないかもしれませんねぇ。聖女シェリンを魔女とさんざん罵り、辺境伯を田舎者、薄汚い簒奪者と陰口を叩いていたわけだから。おふた方からしたら、あなた方は無礼で失敬なくそったれですよ。あなた方の爵位など、おふたりにとってはご夫人方が身につけている首飾りのようなもの。引きちぎってしまえばいいわけですからね」

クライブは皮肉を言いながら、貴族たちを眺めている。

この状況をおもしろがっているような彼を、バルトが低い声で咎める。

「いい加減にしろ、メリア伯。毒など、もるはずがない」

「おふたりはそうお思いでも、ここにいるお歴々の不安は消えないでしょう。聖女シェリン。ここは癒しの力を使ってみてはいかがですか?」

クライブが、膝をついているシェリンの顔を覗いて言う。

「そうですよ。あなたが聖女だと示すもっとも有効な方策でしょう？　ここにいる者たちに見せつけてやるんですよ、聖女の奇跡の力を。そして、疑いを解けばいい」

クライブに言われ、シェリンは口を引き結んで周囲を見渡した。

（ここにいる全員を癒すことができるかしら……）

レーニア嬢を癒したときはひとりだけだった。だが、ここに倒れているのは二十人を超える人々だ。

「癒しは、奇跡の力をもっとも費消すると聞いたことがあります。生命をこの世に留めるのは、とんでもなく力を消耗するのだとか。そうですか、聖女シェリン」

「え、ええ……」

シェリンは言葉を濁した。実のところ、聖女候補であったころは、人を癒すことも花を咲かせることも雨を降らせることも、すべて同じ負荷としか——いや、負荷とも思わなかった。願えばできた。むしろ、聖女候補であったほうが力を自在に使えたのだ。

（今だと確かに難しいかもしれないわ）

昔のように無限の力を感じられないのだから。

「まさか、できないとはおっしゃいませんよね？」

クライブはにんまりと笑っている。

彼の顔を見ていると、試されているのだという気がしてならない。だが、ここまで言われてはやらないわけにはいかなかった。

「……できますわ」

シェリンは勇気を奮って立ち上がった。

(自分を信じる)

バルトは、シェリンを信じて愛を注ごうとしてくれている。だからこそ、シェリンの奇跡の力は復活を果たしつつある。

シェリンは己の右頬に手を当てた。三枚の花弁を持つ百合から力を得るように、そっと押さえてみる。

(……できるはずよ)

シェリンは両手を合わせて祈る。己の両手には倒れた人々を癒す力が宿るはずだ。

(どうか、昔と同じように……)

致命傷を負っていたバルトすら治しきった力だ。今、あのときと同じくらいの力がほしかった。

両手が熱くなり、特別な力が宿るのがわかった。まとわりつく黄金の霧は夜をやさしく照らす月光のように輝いている。

シェリンは手を広げ、宿った癒しの力を横たわる人々に振りまく。霧雨のように光が降り注いだあと、光の靄《もや》が人々を包む。

目の前の青年も光の靄に包まれたあと、目を覚ました。

彼は半身を起こすと、辺りを見渡している。

「あれ、いったい何が……」

「あなたは倒れていたの。覚えている？」

シェリンの質問を聞き、彼は首を左右に振った。

「いえ、その……急に胸が苦しくなって、胸の奥から血を吐いたことは覚えていますが、それからは全然記憶になくて」

彼は掌にこびりついた血を見てびっくりしている。

「なんで血が!?　これはいったい？」

「それはあなたの血よ」

「あ、手に血を吐いたんですね、なるほど……」

事態を理解しているのかいないのか、ぼんやりとした青年を見ていると、心配になってきた。

「大丈夫？　どこか具合が悪いところはない？」

「ないです……」

頬を染めた青年がいきなり震えだした。彼の視線の先を追うと、バルトがいる。

　バルトは青年に敵意のこもった視線を送っている。まるで喉元に食らいつく狼のように狂暴なまなざしだ。

「ひっ……」

「バルト、どうしたの？　何かあったの？」

　シェリンはあわてて彼の気をそらそうとする。

「シェリン、奴は問題ないようだ。もう相手にしなくていい」

「そ、そうね……」

　バルトに肩を抱かれ、他の者を見て回る。

　みな半身を起こし、倒れていたことを信じられないというような顔をしている。中には、家族と抱き合って喜びあっている者もいた。

「聖女シェリンのおかげですわ！」

　ひとりの婦人が感極まったように叫んだ。感嘆はまるで風のように周囲に広がっていく。

「そうですわ。聖女シェリンのおかげ……。ベルーザの守り姫が我らを守ってくださったのです！」

「我らの聖女。シェリンさまに忠誠を！」

「忠誠を！　我らの守り姫に祝福あれ！」

「ただひとりの聖女に幸運あれ！」

彼らの歓呼の声に、シェリンはこぶしを握って空唾を飲む。

(わたくしは、聖女。みなを守る守り姫……)

聖女という存在の重さ。その重みが両肩にずっしりとのしかかる。

聖女は人々を救わねばならない。今のように、ずっと誰かを助けることなんてできるのだろうか。

握ったこぶしをバルトがそっと押し包む。

「シェリン、俺がそばにいる」

バルトのささやきはやさしい。肩にのっていた重みがふわりと軽くなり、素直にうなずける。

「ありがとう、バルト」

シェリンは貴族たちの崇拝のまなざしを受けとめ、微笑を振りまく。

その間中、バルトは大樹のような存在感でシェリンのそばにいた。


数日後の夜更け。

シェリンはバルトの部屋で歴史書を開いていた。

この間読んだのとは違う書を開いたのは、新たな知識を得たいと思ったからだ。

「聖女は力を失っていったのだ。代々、年を経るごとに、少しずつその奇跡の力を失い、それゆえに彼女たちは人前に姿をあらわす時間を減らしていった」

シェリンは読みかけの頁に指を挟み、いったん閉じて表紙を見た。

ぼろぼろの表紙に挟まれた書は、正式な書物というより走り書きに見える。

（筆者の名前がないのよね……）

そんな出所の知れぬ書がバルトの書棚にある。それが不思議だった。

元の頁に戻って読み進めはじめる。

「しかし、奇跡の力は、失われはしなかった。不思議なことに聖女は力を持ち続けた。その秘密はどこにあるのか。おそらくは聖女の廟の中に――」

そこまで読んだところで、書が上から奪われた。

振り返れば、バルトがいた。

「何を読んでいるんだ、シェリン」

「歴史書を読んでいたの。手持無沙汰だったから」

「シェリンはお勉強が嫌いだったんじゃないのか？」

バルトがにやっと笑っている。シェリンは思わず唇を突きだした。

「嫌いではなかったわ。でも、わたくしはできが悪くて……だから、ランスの助けを借りていたのよ」

シェリンの反論を聞きながら、バルトはシェリンに背を向けて書を書棚に押しこむ。それから肩を落とした。

「……俺はあなたに謝らないとな。正直、あなたは勉強が嫌いなんだと思っていた」

「嫌いだと思われても仕方ないわ。わたくし、物覚えも悪いし、理解力もないし……」

シェリンもまた肩を落とす。正直、ランスがいなかったら、課題を終わらせることはできなかっただろう。

「シェリンのできは悪くなかったよ。難しい課題でも、あきらめずに取り組んでいたし、自力で出した結論もまちがっていなかった」

「では、ランスのおかげね。ランスがわたくしを教育してくれたのだもの」

振り返ったバルトはシェリンの腰を抱き、額にくちづける。

どきりとして身動きができなくなった。

「……シェリンのそばにいたかったから、名目があってよかった」

「そ、そう？」

「ああ。あのときの俺はユーリの従者だ。ただの従者がシェリンのそばにいられるはずがないだろう？」

「バルトの言うとおりね」

シェリンは大きくうなずいた。

「わたくしは、一応は聖女候補だったもの。外には出られなかったし……」

「一応じゃなく、聖女だ。あのころ、あなたといられたのは本当によかった」

「わたくしもよ」

あのころ、父母ですらシェリンと遠かった。ランスと打ち解け、友情を築けたことで、本当に救われたのだ。

「……シェリン」

バルトの腕がシェリンの背に回る。

「どうしたの？」

「シェリンは俺の愛を感じてくれているんだろうか」

バルトに問われ、シェリンは右頬を手で覆った。

頬の百合の花弁は四枚に増えている。

（あと一枚で本物の聖女になる）

こうなった以上、再び聖女廟に行かなければならないのではないか。

シェリンはずっとそう考えている。

「感じているわ……」

百合の花が増えただけではない。シェリンに自信をつけてくれた。それこそが、彼の愛のもっとも大きな効果だった。

「だったら、よかった。俺の人生のすべてが報われる」

バルトはシェリンの顎を摑んでくちづけをしてくる。

大きな手からは逃げられなくて、彼の舌の動きをまっこうから受け止める羽目になる。

「ん……ん……んんっ……」

バルトの舌がシェリンの口内を舐め尽くす。歯をなぞり、舌を舐め、頰の粘膜をくすぐる。

あまりの激しさに、唾液を飲むこともできない。

バルトの舌に追われるだけでは嫌なので、シェリンも舌を動かすけれど、子どもの反抗のようで全然相手にならない。

バルトはくちづけを続けながら、背筋を上から下までゆっくりなぞる。

ただそれだけなのに、口内への刺激とあいまって、とんでもなく官能的な気分になる。

（バルトがわたくしに触れている……）

いまだに信じられない気分だ。彼の手がシェリンの肌を懊悩《おうのう》させる力を持つなんて。

息苦しいほどのくちづけに、シェリンは彼の胸を押す。バルトはそれだけで察して、くちづけをいったん切りあげた。

「シェリン、すまない」

「いえ、いいの……」

シェリンはつい顔をそらした。

みっともない顔をしているかもしれない。下腹も潤っているのを自覚していたから。

「シェリン、抱きたい」

「え、ええ。わ、わかってるわ……」

動揺してそう答える。

バルトのまなざしを見れば、それだけでシェリンを求めているのが伝わってくる。身体だけでなく心までもつながりたいと訴えているようだ。

「シェリンはやさしい。俺は甘えすぎているな」

バルトはシェリンを軽々と横抱きにして運ぶ。一歩一歩寝室に近づくごとに、心臓が期待に跳ねてしまう。

寝台に下ろされたかと思いきや、シェリンは背後からバルトにのしかかられた。自然と四つん這いの姿勢になり、焦って彼を振り返る。

「バ、バルト」

寝衣を腰までたくしあげられ、ドロワーズを脱がされる。尻を撫でられて、腰が跳ねた。

「ひあっ……」

「シェリンの身体はどこもかしこも愛らしい。尻も白くて白桃を剥いたみたいだ」

「ま、まじめに言っているの？」

「まじめに言っている」

バルトの声は真剣だ。けれど、その次にやったのはおふざけにしてはひどいことだった。彼はシェリンの秘処に舌を這わせだした。蜜孔を守る花びらを舐めて花開かせ、蜜孔を舌先でつつく。

「あ……嫌、バルト、それは嫌っ……」

下品なことだとしか思えなかった。それをバルトにやらせるだなんてどうかしていると
も思えた。

しかし、バルトはいっこうにやめる気配はなかった。舌先で花びらを舐め尽くし、両手の指で狭間を押し開いて蜜壺の入り口に舌先を入れてくる。

「あっ……バルト、だめぇっ……」

指先で陰芽をぐりぐりと転がされ、快感が背を駆ける。蜜孔がひくひくと痙攣《けいれん》し、蜜が腹の底から流れでる。

「……シェリンの味がするな」

淫液をすすられて、恥辱に腰が震える。逃げようとしても、バルトに腿を掴まれただけで身動きができなくなる。

「逃げたらだめだ。気持ちいいなら、そのまま楽しんでくれ」

「嫌……恥ずかしいのに……嫌なのに……」

本当は気持ちいい。けれども、それを口にするのはみっともないと理性が制止する。

「嫌なのか？　やめていいのか？」

バルトが口を離してしまう。空気にさらされて、火照りがすうっと抜けていく。

「ここはやめてほしくないみたいだぞ」

バルトが蜜孔に指を入れてくる。入れたまま指を動かされ、鈍い刺激が快感につながる。

シェリンは無意識に膝に体重をかけてこらえた。そうでないと、風にさらわれる落ち葉のようにどこかへ吹き込んでしまいそうだった。

「は……はあっ……」

「シェリン、気持ちよくなりたくないのか？　俺はシェリンを気持ちよくしたい。気持ちよくして、俺から離れられないと思わせたい」

ぐちゅぐちゅと粘液の音をさせて指が出し入れされる。粘膜がとろけそうになって、シェリンはたまらず悲鳴をあげた。

「バ、バルト……そ、そんなにしちゃ……変に……」

「いっぱい変になってくれ。聖女の乱れた姿を見せてほしい」

指を出し入れされながら、陰芽をこすられる。蜜口はひくつき、腹の奥が快感に震える。

「あ……あっ……やあっ……」

シェリンは腰をがくがくと揺らして頂に昇りつめる。

こんなにもたやすく絶頂に至ってしまうことに、シェリン自身が愕然としてしまった。

「シェリン、お利口だな。すぐに気持ちよくなるなんて」

「ち、違うの……」

「大丈夫。俺はすぐに気持ちよくなるシェリンが好きだ」

バルトが指を抜くと、愛液が内部からこぼれ落ちる。

みっともなくて、目に涙が浮かぶ。

「もったいない」

バルトがまたしても舌で愛蜜をすくう。陰芽から蜜孔まで肉厚な舌に舐められて、シェリンの腰が揺らめいた。

「はっ……はあっ……ああっ……」

「ここもひくひくしているけど、何か入れてほしいのかな？」

バルトが軽く触れたのは尻の孔である。きちんと洗ったけれど、そんなところに触れるなんて信じられなかった。

シェリンは身をよじる。逃げかかるシェリンの身体からバルトは器用に寝衣を剝ぎとり、腿を押さえてまたしても尻の孔をつっとなぞった。

「や、やめて、汚いから……。そんなところ、さわらないで！」

「シェリンの身体に汚いところなんてない」

指先が侵入しようとする気配に、シェリンは半泣きになった。

「そこに入れるなら、いつものところに入れて」

　バルトが息を呑む気配がする。

「……いいのか、シェリン」

「いいから、いつものところに入れて。お願い」

　自分の身体で一番穢れているであろうところに触れられるなんて、絶対にごめんだった。それくらいだったら、蜜壺を好きにしてもらったほうがいい。

　バルトはたくましい裸体になるや、肉茎を一気に挿入してくる。

「あっ……あ……ああっ……」

　重たい抜き差しを受けるたびに、とめどもなく湧く甘い官能が腹の奥を痺れさせる。

（気持ちいい……気持ちいいの……）

　思考がそれだけに染まる。バルトの抽挿は緩急がついていて巧みだ。快感に翻弄されて、シェリンは寝台に張りついて彼の攻撃に耐える。

「は……はあっ……んあっ……」

　蜜襞がうねり、彼の男根にからみつく。抜かれそうになるとしがみつき、奥を突かれるとまとわりつく。

「シェリン、すごいな」

「や、やっ……」

バルトがだしぬけに陰芽を転がす。総身の毛穴からどっと汗が出るイメージのあとに、目もくらむような愉悦を覚えた。

腰をびくびくと痙攣させながら、訳もわからぬうちに絶頂に追いやられる。余韻を味わう間もなく、バルトの力強い抜き差しで頂に連続で至ってしまう。

「――――！」

もはや声もなくシェリンはバルトが生む官能の波に溺れていた。彼が動くたびに淫らな粘液の音がするし、男女の生々しい性交の匂いが立ち込める。

（壊れちゃう……）

このまま続けられては、どうなってしまうかわからない。

そう思ったとき、バルトの腰づかいがさらに荒々しくなった。頭は真っ白で、身体は制御できぬまま絶頂に追いやられ続けていると、バルトが深く腰を沈めた。

熱い精がシェリンの最奥を濡らす。それを受け止めながら、シェリンは幸せだった。

（バルトはわたくしを愛してくれる……）

その思いが体内に深く刻まれる。

精を吐き終わったあと、バルトは背中からシェリンを抱きしめた。

バルトはシェリンの右頬を愛しげに撫でたあと、力なく寝台に投げだしたシェリンの手を大きな手で覆う。指をからめられ、シェリンは満ち足りた気持ちになった。

肉体をつなげあったあとの、こうした戯れがシェリンは好きだった。バルトが指を一本一本なぞる。ただそれだけなのに、バルトに大切にされているのだと実感できた。

「……シェリン、もしも子ができたらどうする？」

バルトにたずねられ、シェリンは拡散した意識をまとめて答えた。

「……もちろん産みたいわ、バルトの子だもの」

そう口にしても実感が湧かない。

バルトの子。本当にできたらうれしいけれど、今後本当の聖女になるために何をするべきか迷っている身としては、まずはそちらを解決したかった。

「そうか……」

バルトは感極まったようにシェリンを抱きしめる。彼の懐に収まり、体温に包まれながら、シェリンは違和感を覚えた。

「バルト？」

力の入れ方が怖いほどで、不安になってしまう。

「何かあったの？」

「何もない。ただ、シェリンが愛おしくたまらなくて、くっついていたいんだ」

「そう……」

身体をピッタリと添わせていると、彼のぬくもりに安心してしまう。

バルトの肌から漂う雄の香りも好ましく、ずっとこうしていたいと思ってしまうのだ。

「シェリンがもしも俺の子を産んでくれたら、その子は世継ぎだ」

「男の子だったらでしょう？　女の子だったら聖女にするの？」

シェリンの質問に、彼はくぐもった声で答えた。

「聖女にはしたくない。シェリンだって色々とあっただろう」

「ええ」

「娘でも息子でもふつうの人生がいい。ふつうの人生が俺にはわからないけれど」

「そうね」

シェリンもバルトに同意する。ふつうの人生とはイデアで過ごしたあのときのようなものだろうか。だったら、あんなふうに気ままに過ごすのはすばらしいと思える。

（……わたくしがそうしたいくらいだわ）

しかし、シェリンは聖女である。自由でも気ままでもいられないのだ。

「バルト、わたくし、聖女廟に行きたいと思うの」

「本気なのか？」

「本気よ。もう一度あそこに行って確かめる必要があると思うの。わたくしに聖女になる資格があるのかどうか」

シェリンの花は復活してきている。だが、最後の一枚は、聖女廟の試練に立ち向かって初めて咲くのだろうとシェリンは予想していた。

「その、わたくしはひとりで行くつもりではいるのよ。でも……でも、心細くなったら、バルトについてきてもらってもいいかしら」

シェリンのつぶやきに、バルトは即答しなかった。

しばらくの沈黙のあと、バルトはシェリンの百合をそっと撫でた。

「もちろんだ。一緒に行く」

「よかったわ。バルトがいたら、心強くいられるもの」

バルトが見守ってくれたら、きっと大船に乗った気でいられる。

しかし、そのとき、聖女廟のきまりを思い出した。聖女候補以外が足を踏み入れたら、生きて出られないという噂が流れる恐ろしい場所だということを。

シェリンはさっと顔色を変える。

「バルト、やっぱりやめましょう。わたくし、ひとりで聖女廟に行くわ。聖女候補以外が入ったら、いけない――」

そう言ったとき、バルトはいきなりシェリンを仰向けにし、のしかかってきた。

目と目が合ってどきりとする。バルトの翠緑色の瞳は、シェリンを映している。

「シェリン、俺はあなたを聖女にするために生きている。だから、一緒に行く」

「でも……」

「大丈夫だ」

バルトはそう言ったあと、シェリンの唇をついばみはじめた。それだけでは済まず、荒々しく乳房をくわえて、乳首を吸いあげてくる。たまらずシェリンは悲鳴をあげた。

「あ……あっ……」

バルトはシェリンの声をふさぐように再びくちづけし、乳房を摑んで揉みしだく。さらには、先ほど彼を受け入れたばかりの狭間に膝を差し入れ、こすってくる。

性感帯を一気に愛撫され、すでに濡らされた腹の奥が熱を帯びはじめた。

声をあげたくてもバルトの唇にふさがれ、逃げたくても体重をかけられたら、どうにもならない。

シェリンは腰をうねらせて官能を逃がそうとする。

「シェリン、気持ちよくなることから逃げたらだめだ」

バルトは下腹を撫でた手をすぐに狭間に滑らせる。尖りきった陰芽をつままれ、シェリンは背を反らした。

「あ……あっ……バルトっ……そこ……」

「シェリン、いっぱい気持ちよくするよ。俺を忘れないように」

バルトの指が下肢の狭間をこすりだす。

蜜壺が熟れた果実のようにとろけだし、シェリンは腰を振って彼の指に応えだした。

聖女廟に同行すると言っていたバルトだが、政務に追われてなかなか自由な時間をとれない。

そうこうしているうちに盛夏となり、さらには都で疫病が流行しはじめた。

届くのは熱で倒れた罹患者《りかんしゃ》の数がふくれあがる知らせばかりだ。いてもたってもいられず、シェリンは療養院に赴くことにした。

朝早く起き、カリアの手を借りて身支度を整える。

「シェリンさまが行くのは反対です。病にかかったら、どうするんですか？」

カリアの制止を聞き流し、シェリンは急ぐように促す。

「わたくしは聖女よ。見舞いをしないわけにはいかないわ。早く手伝ってちょうだい」

「でも……」

ためらうカリアに眉を吊り上げる。

「バルトを待たせるわけにはいかないのよ。ずっと忙しくて、今日もようやく時間をつくってくれたのだから」

療養院に行く許しを求めたら、バルトは一緒に行くと主張した。

療養院は、都の貧しい人々が病気や怪我の治療に訪れる。シェリンは寄付をするだけでなく、たびたび訪れては作業を手伝うようにしていた。

地道な活動を通じて、聖女は共にあると伝えたかったのだ。

カリアはシェリンに裾が足首まであるワンピースを着せつける。スカートの裾は広がるけれど動きやすくなる程度の控えめなもので、普段着に好んでいる。

カリアがため息まじりに愚痴をこぼす。

「それにしても、なぜ疫病なんか流行したんでしょう」

「この暑さのせいではないかしら。食べ物や水が悪くなったのではないかとバルトは疑っていて、調査をさせているらしいけれど」

このところ、気温がぐっと上がって、厨房の者も食材の管理には苦労していると教えてくれた。王宮は冬季に切り出して保存した氷があるが、庶民に希少な氷は使えない。

調査にはユーリの部下が奔走しているらしい。ユーリ自身も駆け回っているのだとか。

「王宮はなんともないんですけれどね」

「都には不衛生な場所もあるから、そのせいかもしれないわね……」

バルトとも話したが、民の中には衛生を軽んじる者もいて、教育が必要だという結論になった。

(やることはいっぱいあるわ……)

リオンとフリアナは山積する問題にろくに手をつけなかったらしい。見て見ぬフリをしていたなんて、信じられないことだ。

「シェリンさま、変なところには近づかないでくださいませ」

カリアの忠告に、シェリンはうなずいた。

「わかっているわ。注意するから」

「お願いしますよ」

カリアの懇願を聞き、シェリンは大きくうなずいた。


身支度を終えてバルトと共に都に向かう。馬車から下りて療養院に足を踏み入れたとたん、シェリンは悪臭に襲われた。嘔吐物と排せつ物の臭いがまじりあい、中にいる人々が気の毒に思える。

(地下牢と変わらないいくらいかしら……)

鼻の奥にこびりついた地下牢の臭気を思い出そうとするが、悪臭はそれを打ち消すくらいに強烈だ。

シェリンもバルトも鼻と口を布で覆い、患者が横たえられたベッドの間を歩く。

ベッドに寝かされているのは老若男女問わない。療養院を管轄する修道僧や修道女がベッドの間を歩き回って彼らの世話をしている。

「こちらが派遣した医師は?」

バルトが修道僧を捕まえてたずねる。

彼はいったん部屋から出ると、医師を連れてきた。中年の医師は、バルトの前に来るや小声で報告した。

「どうもいけません。治ってもまた入院してくる者がいます」

「なぜだ？」

医師はバルトの質問にため息をついた。

「わかりません。都でも、もっぱら貧民街で疫病が流行しているようです」

「衛生状況も栄養状態も悪いからだろうな。食糧は運ばせている」

「シーツや毛布もまだ必要？」

シェリンは口を挟んだ。今日も兵に運ばせたが、嘔吐する者が多いなら、洗うだけでも大変だろう。

「聖女さま。あればあるほどようございます」

「わかったわ」

「聖女さま！　どうか夫の病を治してください！」

若い女がシェリンに駆け寄ってきた。その場に両膝をついて、シェリンを祈るように見上げている。

「旦那さまの体調が悪いの？」

シェリンの質問に女はうなずいた。

「井戸の水を飲んだら、腹をこわして、そのあとに意識が朦朧《もうろう》として……」

「そう……」

「聖女さまのお力を借りるわけにはまいりませんか？　あの男《ひと》がいなくなったら……どうやって生活していけばいいか……」

女の必死な言葉を聞いて、シェリンは瞬間迷った。

ひとりだけ助けるなんてできない。この大部屋に寝かされている患者を、全員治癒させねばならないのだ。

「シェリン、無理をしなくていい」

バルトが声をかけ、シェリンの肩に手を置いた。

「でも……」

女はシェリンを必死に見上げている。目には嘆きと悲しみが滲んでいる。彼女を無視するなんてできるはずがない。

そこに男の声が割って入った。

「聖女どころか魔女だろう？　あんたの夫を治癒する力はねぇよ」

放埒《ほうらつ》な物言いをしたのは、部屋の隅で寝ている年寄りの体勢を変えていた男だ。

「魔女だといわれていた人間がいきなり聖女になる……。信じられねぇよ。そんなことがあるはずがねぇ」

シェリンは息を呑んで立ち尽くした。

黒が白になるように魔女が聖女に変転するはずがない。その言葉にも一理がある。

誰だって、そう思うはずなのだ。

「この疫病だって、魔女が流行させたと聞いたぜ。自分をないがしろにしやがった奴らへの復讐だってさ」

苦々しく付け加えた男を、近くにいた中年の女が怒鳴りつけた。

「あんたが偉そうに言うことじゃないでしょう!?　石を投げにいったくせに！」

「お、俺は偉い奴に言われたんだよ。魔女をいたぶれば、この世は平和になるって」

「人ひとりに石を投げつけて、平和になるっていうの!?　あんたみたいな馬鹿がいるから、世の中はおかしくなるばっかりなのよ」

「なんだと!?」

周囲がにわかにざわめきだした。

「疫病は魔女が流行させたの？」

「だって、魔女は聖女だったんでしょう？　それなのに、ぞんざいに扱われていたって……」

「聖女はフリアナのほうでしょう。堂々としていたし、聖女らしかったわ」

みなシェリンを見ながら不信をあらわにしている。

シェリンは思わずうつむいた。

(たとえ花が開いても、誰にも信じてもらえなかったら聖女になんかなれないわ)

シェリンはつい右頬を手で覆う。

「この疫病をふりまいたのは、フリアナだ」

バルトは部屋の中にいる人々を見渡して言う。声は部屋の隅々にまで通るほど大きかった。

「フリアナは聖女ではない。魔女だ。魔女の分際で、聖女シェリンに魔女の汚名を着せて、虐待していた」

バルトの突然の発言に、みな顔を見合わせている。

「へ、辺境伯、本当ですか、それは⁉」

医師がバルトの発言に食いついてくる。

「わ、わたしの甥がフリアナに仕えていたのですが、行方知れずになったのです。フリアナが魔女というなら、納得できる。甥はフリアナの犠牲になったに違いない！」

とんでもない事実の暴露に、ざわめきが大きくなる。

「フリアナが魔女？」

「でも、フリアナが魔女だといわれたら納得よ。あの女、国のために何もしていなかったというわ」

「まったくだ。身内を痛めつけて……。聖女がすることとは思えなかった」

彼らは互いに顔を見合わせ、うなずきあう。

「聖女は心やさしく、ベルーザのために尽くす人間であるべきだ。それなのに、フリアナは贅沢三昧だったんだぞ!?　日に何度もドレスを変え、毎日美食をむさぼっていたそうだ。そんな女こそ魔女だろう!?」

患者の身内らしい男が言えば、女が同調する。

「本当よ。毎日ごちそうを食べていたなんて信じられないわ。あたしたちは日に三食も食べられないのに」

「そ、そこにいる女だって魔女だろう!?　病を治癒できるならともかく」

口火を切った男がシェリンを指さし、焦ったように言う。

「何もできないなら魔女と同じだ。聖女の顔をして、俺たちの税金に寄生するだけの奴だぞ！」

傍らのバルトから怒りの気配がして、シェリンは一歩足を踏みだした。

(わたくしがみなを癒すのよ)

聖女と呼ばれるからには、それが義務だ。何もできないなら、魔女でいたときと変わらないのだから。

「わたくしが病を治します」

シェリンは軽く手を合わせた。

祈らなくても両手が熱くなっていく。固くなっていた栓が緩んだように力が身体の芯から湧いてくるのがわかった。

（わたくしが、この方たちを癒す……）

疫病を追い払う。シェリン自身の力で。

手を広げて部屋中に力を振りまく。黄金色の光の雨が横たわる人々に降り注ぎ、彼らの肉体に染み込んでいく。

寝ていた男児が半身を起こした。自分を見下ろす母親に、不思議そうに小首を傾げる。

「お母さん、僕、痛い痛いが飛んでいったよ」

感極まったように子を抱きしめる母親だけで終わらなかった。

ベッドに寝ていた人たちが、怪訝な顔をして身体を起こす。

「息苦しいのがどこかにいった……」

「胸が痛くないぞ」

「治ったみたいよ、お父さん」

看病していた人々がシェリンを戸惑ったように見つめる。

バルトがすかさず彼らに向けて声を張り上げた。

「これが聖女の力だ。フリアナがおまえたちのために振るわなかった奇跡の力だ」

バルトの発言を聞き、人々は顔を見合わせたあと、神に祈るときのようにシェリンに手を合わせた。

「これこそ聖女の力」

「我らベルーザの守り姫に祝福を！」

歓呼の声を聞き、シェリンはぎこちなく笑う。それから己の両手を凝視した。

（力が強くなっているわ……）

今ならば、本物の聖女になれるかもしれない。そう実感させるほどに己の肉体に満ちる力を感じる。

「シェリン、胸を張ってくれ。あなたは聖女だ」

「え、ええ……」

信じがたい思いと、それと同じくらいの誇らしさを胸に、彼らに微笑む。

そこにカリアがやってきた。

「シェリンさま。ギヨーム伯爵令嬢が助けていただきたいとお越しです」

「すぐにいくわ」

部屋の人々に笑顔を向けながら退室する。

カリアに案内されるままに建物の外に出ると、マイラがいた。彼女はシェリンを見るなり顔をくしゃりと歪めた。

「聖女シェリン。弟をお助けください」

「何があったの？」

マイラはシェリンの胸に倒れ込むようにして涙をこぼす。シェリンはマイラの背を撫でながらたずねた。

「弟さんはどうしたの？」

「怪我をしているんです。ひどい怪我で……うちには跡継ぎがもうあの子しかいません」

「わかったわ。連れていって」

バルトも外に出ていた。彼に顔を向けただけで、バルトはすべてを理解したらしく重々しくうなずいた。

「シェリン、行こう」

「ありがとう、バルト」

マイラと共に馬車に乗り、事情を聞いた。

マイラの弟は、聖女廟を探索しようと赴き、中に入ったとたん、疾風に取り巻かれたという。

次の瞬間、弟の身体は切り裂かれ、大怪我を負ったのだとか。

廟の入り口まで這って逃げた彼を、従者がようやく連れて帰ったらしい。

「弟が馬鹿なことをしたのに、助けてくれとお願いするのは無礼だと思っています。でも

「……」

「遠慮しなくていいわ」

泣きじゃくるマイラをなだめているうちに、ギヨーム伯の邸宅に到着する。

庭は、狭いが緑が刈り込まれ、さらには花が植えられて、きちんと整理された印象を与える。

薄水色の石で組まれた邸は二階建てで、装飾は少なめだが、壁は黒ずみもなくきれいな印象だ。

中のホールを突っ切り、二階の私室へと案内される。

清潔感のある水色の壁紙を貼った寝室にはベッドが置かれ、マイラの弟が寝かされていた。

金の髪を短く切った少年は鷲鼻で、マイラとよく似ている。瞼を閉じており、肌は青ざめて生気は薄い。

身体のあちこちに包帯が巻かれていて、とても痛そうだ。シェリンは横に立ったバルトと顔を見合わせた。

「シェリン、どうだ？」

「……大丈夫だと思う」

少年は確かに大怪我をしているようだが、生命の火はまだ燃えている。

シェリンは彼のそばに立つと、両手を合わせた。

それだけで身体の芯にある力がおもてにあふれてくる。手には金色の靄が宿り、シェリンの内側にも自信が満ちる。

「あなたの怪我はすぐに癒えるわ」

シェリンはやさしく話しかけ、額のあたりに手をかざし、それから手を下に動かしていく。

金色の光が少年の身体を包み込む。まもなく少年は瞼を開けた。

「ローヌ！」

少年の名を呼んで、マイラは彼を抱きしめる。

「ね、姉さん？」

「よかった！　あなたは助かったのよ！」

マイラの涙声に、シェリンも涙を誘われる。

ローヌは、戸惑ったように姉を見たあと、シェリンに視線を移した。

「よかったわ。あなたの中に、きちんと生命力が残っていて」

シェリンは誰かを癒せるといっても、死人を蘇生させることはできない。

ローヌの生きる力があったからこそ、シェリンの力を働かせることができたのだ。

「聖女さまよ。聖女シェリンがあなたを助けてくれたのよ」

「聖女シェリン……」

ローヌが顔色を変えた。

半身を起こそうとする彼に、背後にいたバルトが目配せした。

「起きなくていい。何か話したいなら、寝たまま話すといい」

「……ありがとうございます」

彼はそれでも身を起こそうとしたが、力尽きたようにベッドに横たわった。

「無理をしてはいけないわ。体力は戻りきっていないはずよ」

シェリンの忠告を聞き、ローヌは目を伏せたあと、謝罪を口にした。

「聖女シェリン、神聖な聖女廟に足を踏み入れてしまいました。申し訳ありません」

「謝らなくていいわ。おそろしいところだったでしょう？」

思い出すと身震いする。あそこには魂までも凍らせるような冷気を感じた。

「……はい。僕は……二十歩ほど歩いたところで、風に取り囲まれ、そして切り裂かれました」

「風がどこから吹いてきたか覚えているか？」

バルトにたずねられ、彼は首を左右に振った。

「わかりません。ただ、笑い声のようなものが聞こえたあと、風に切られました」

シェリンはバルトと顔を見合わせた。

「笑い声？」

「女の声でした。甲高くて子どもの声とおとなの声が混ざっていました」

「それで？」

「僕をあざ笑っているんだと思った直後、切られたんです。あとは必死でした。地面を這うようにして入り口に向かって、助けを求めたんです」

「そうか……」

バルトは思案顔だ。

「……なぜ聖女廟に行ったの？」

シェリンの質問を聞き、ローヌは唇を噛んだ。

「兄の痕跡を探していたんです。行方知れずになって、問い合わせても聖女フリアナは何も答えてくれなかった。ずっと悩んでいましたが、聖女廟に入ってみようと決めました。何か手がかりがあるんじゃないかと思って。でも……」

「言い伝えは本当だったのね。聖女候補以外は足を踏み入れてはならないという」

ベッドに座ってローヌの汗を拭っているマイラはつぶやく。

「あなたのお兄さまはなぜ行方知れずになったの？」

シェリンの質問を聞き、ふたりは悔しげな顔をした。

「わかりません……」

「僕もわかりません。兄さんは何も言わずに消えるような人じゃなかった」

シェリンは小さくうなずいた。

「そう……」

「ただ、聖女廟に行くと言った日にいなくなったんです。だから、どうしても調べに行きたくなって……」

ローヌの発言を聞き、バルトが眉を寄せた。

「勝手に入るのはよくなかった。それはわかっているな」

「はい……」

「わかっているなら、いい」

シェリンは生唾を飲んだ。

(やはり聖女廟に行かなくてはならない)

それもひとりがいい。バルトを連れていったら、ローヌのように大怪我をするかもしれない。

「その……聖女シェリンのおそばにいるのは、シュヴァイン辺境伯さまと拝察いたします」

「そうだ」

「お願いです。兄を探してください。生きているとは思っていません。骨の一本でも、遺品のひとつでもあれば、あきらめがつくんです」

ローヌの言葉を聞き、シェリンは胸を痛める。

「わかった……おそらくはよい知らせを届けられないだろうから、覚悟をしていてくれ」

バルトの返答はそっけない。だが、ごまかしを言わないという意味では良心を感じさせる。

「お願いします……」

それだけ言って、ローヌが疲れたように横たわる。

シェリンはバルトに目配せし、マイラに別れを告げて外に出た。

伯爵邸の外に出て、シェリンは二階を見上げる。

バルトが肩を叩いてきた。

「シェリン、ローヌはもう大丈夫だ」

「そうね。ゆっくり静養すれば、すぐに元に戻るわ」

「シェリン、聖女廟にひとりで行ってはだめだ」

釘をさしてくるバルトを見つめ、シェリンは微笑む。

「大丈夫よ。わたくしは行かないわ」

外で待っている馬車に向かい、バルトと並んで歩きながら考える。

バルトの忠告はありがたいが、シェリンは聖女としての責任を痛感していた。

（……聖女廟に行かなければ）

そして、すべてを守れる本物の聖女になるのだ。

馬車から眺める街並みは、色あせたように目に映る。

それを変えるためには、己に課された試練を乗り越えるしかないのだとシェリンはわかっていた。

六章　聖女の終焉

療養院に赴いてから数日間、シェリンは自由のない日々を過ごした。

忙しいはずのバルトはなぜか離れようとせず、どこに行くにもついてまわった。

養育院に出かけるのも、療養院に行くのも、すべてバルトが同行する。まるで後追いをする子どものようで、さすがにシェリンは困り果てた。

「愛情の証ですわ。離れたくないというのは」

「程度の問題でしょう」

カリアのからかいに、シェリンは苦虫を噛みつぶした顔になる。

療養院に行った七日後の朝。シェリンは庭の薔薇を摘んでいた。

(この花を飾れば、少しは気がまぎれるのではないかしら)

今日も療養院に行く予定にしており、そのときに薔薇を持参するつもりだった。

(疫病の原因は、井戸に毒を投じたことだとバルトは言っていたわ)

バルトは患者が多く出た貧民街の井戸を封鎖し、中の水をいったん汲みあげて廃棄した。

それが新しい水に入れ替わるまでは、他から水を運んで供給した。

バルトの解決策が的確だったために、療養院に運び込まれる人々は減っている。けれども、もともと持病がある人間の中には、なかなか本復しない者もいて、シェリンは彼らの気をまぎらわせるために薔薇を飾ろうかと考えていた。

棘に指を刺されないように注意しながら、シェリンは薔薇を一本一本切っていく。

それを水の入った桶に入れ、カリアに持参する用意をするように命じる。

彼女が離れたあと、気晴らしに薔薇を見て回っていると、木陰からクライブがあらわれた。

彼はまじめな顔をしてから、胸に手を当ててシェリンに礼をする。

「聖女シェリン。ご相談がございます」

「メリア伯、どうしたの？」

「ギヨーム伯の令息が、聖女廟でお怪我をしたと聞きました」

「……よくご存じね」

シェリンは苦笑する。クライブはよほどの情報通のようだ。

「……俺の従弟も聖女フリアアナの取り巻きをしていて、聖女廟で行方知れずになったと聞いております」

クライブの顔は緊張のためか引きつっている。

シェリンは息を呑んだ。

「本当に？」

「聖女シェリンに調べていただくことは可能でしょうか？」

彼をじっと見つめる。華やかな容貌が憂いの色に染まっている。

（都合がいいわ……）

クライブの案件を言い訳にして、聖女廟に足を踏み入れればいい。

シェリンは大きくうなずいた。

「いいわ。一緒に行きましょう」

「では……」

「療養院で待っていて」

シェリンは辺りを見渡してから彼と離れる。

（覚悟を決めないといけないわ）

聖女になること。そして、シェリンの行く手にたえずあらわれる〝影〟を排除するために。

（……わたくしが、戦うのよ）

こぶしを握って前を向く。

自分の内側と対話するのに夢中で、シェリンは気づかなかった。

庭を囲む建物。上階の窓からシェリンをじっと見ている人物がいることに。

療養院の花瓶に薔薇を生け、シーツの交換などを手伝ったあと、シェリンはなにげない風を装って庭に出た。

（カリアをなんとかしなきゃ……）

そばにぴったりと侍っているカリアと離れる必要がある。

シェリンはふと思い出した風に言った。

「カリア、中にハンカチーフを忘れてしまったの。取りにいってくれない？」

「わかりました。ご一緒いたします」

カリアはシェリンの手を引いて療養院に戻ろうとする。

「わ、わたくしは取ってきてほしいのよ」

ひとりになってクライブと合流しなければならない。彼は外で待っているはずだ。

「シェリンさまと離れるなと辺境伯さまに言いつけられております。さ、一緒に行きましょう」

カリアはなんとしても同行しようとする。

あわてていると、クライブが療養院に入ってきた。

「聖女シェリン。お迎えにあがりましたよ」

のんきな口調に飛びあがりそうになる。誰にも秘密にして彼と行動しようとしているのに、なんと軽率なのだろう。

「侍女どのは空気を読まないとだめですよ？　侍女としての本分がなってない」

「メリア伯？」

クライブはにやっと笑ってから、カリアのみぞおちにこぶしを入れる。

カリアは声もなく膝をつき、咳こんでいる。

「カリア!?」

「行きましょう、聖女シェリン」

「メリア伯。あ、あなた、あまりにも乱暴――」

「いいから行きましょう。聖女廟に行く好機は、これで最後ですよ？」

クライブの発言に唇を引き絞る。だが、やはりカリアが気にかかる。

「で、でも……」

「すぐに回復します。さあ」

クライブが大きな手を差し出す。

「だめ……です……シェリン……さま……」

カリアが苦しげに制止する。シェリンは彼女に頭を下げた。

「ごめんなさい。帰ったら、いっぱい謝るから」

シェリンはクライブの手をとると、療養院の外に駆けだした。

太陽が中天から西に傾いたころ、シェリンたちは聖女廟に到着した。

聖女廟は深い森の中に建っている。昼なお暗い森の中は不気味で、廟の上にまで大樹の枝が伸びている。茂った葉の隙間から落ちてくる陽の光が、そこかしこに陽だまりをつくっていた。

廟の扉の前に立ち、つい足が立ちすくむ。

ここに来なければならないと考えていた。試練を乗り越えねばならないのだと。

しかし、その意気を折ってしまいそうな威容がある。身体を縛るような圧迫感を覚える。

「聖女シェリン。入らないのですか？」

クライブは軽く言い放つ。まるでそこらに買い物にでもいこうと誘うようなのんきな声だ。

「……入ります」

シェリンはかつての試練のときに覚えた手順を思い出す。

聖女廟の扉は誰もが開けられるものではなかった。扉には鍵がかかっているが、それは物理的な鍵ではなく、聖女の奇跡の力で開けるものだ。

（……ローヌはどうやって入ったのかしら）

疑問が生まれた。あのときは条件に思い至らなかったが、不思議なことだ。

（元から開いていたならば……）

むろん問題なく足を踏み入れられるはずだ。

「聖女シェリン。早く入らないんですか？」

クライブに促され、シェリンは覚悟を決めた。扉の鍵穴に奇跡の力である黄金の光を込める。

手応えはなかったが、ほぼ同時にクライブが重そうな扉を開けてくれる。

「あなたは中に入らないで。ギヨーム伯令息は怪我をしたのだから」

一応、警告をする。ローヌは大怪我をしたからだ。

「俺のことは気にしないでいいですよ」

中に入ったシェリンを追ってくるから、シェリンの疑いは深まる。

「どういうこと――」

「だから、俺は平気なんです。さ、どうぞ進んでください」

「でも、怪我をしたら……」

「中に入ればわかりますよ」

クライブは飄々《ひょうひょう》と答える。

聖女廟は、シェリンを歓迎するように先回りして壁の明かりを灯していく。

炎は生き物のように揺れ、影が化け物のように長く揺れていた。

シェリンが聖女廟の中央広間に至ると、笑い声がした。

甲高い嘲りの笑い。周囲を見渡すと、首のない聖女があらわれた。

恐怖に足が震える。だが、踵の高い靴の足音がしたと思いきや、首のない聖女たちはすうっと闇の中に消える。

シェリンが息を呑んだ直後、広間の中央にはフリアナがいた。

かつてと同じ聖女の姿だ。赤茶の髪を結って、百合の形をした銀の髪飾りをつけている。着ているのは白銀に輝くローブ。金糸で百合の刺繍がされた美しい衣装を着た彼女は、蛇のように冷酷な目でシェリンを見ている。

シェリンは負けじとフリアナを見つめかえした。

「聖女フリアナ……」

「久しぶりねぇ、シェリン」

フリアナは口角を持ち上げてにいっと笑う。作りものめいた笑顔に、警戒心が増す。

「立派に花を咲かせたじゃないの。あと一枚でおまえは聖女になる」

「フリアナ。なぜここに？」

「おまえを殺すために決まっているじゃないの」

シェリンはいったん目を閉じてから彼女を睨んだ。

もはや、ふたりの間には姉妹の情はない。決着をつけるしかないのは明らかだった。

「わたくしはあなたに殺されたりしない。この国のために、わたくしがあなたを排除するわ」

フリアナがけたたましく笑う。

「言ってくれるじゃないの、かわいいシェリン。生意気になっちゃってねぇ」

フリアナが口角をにいっと持ち上げたとたん、クライブがシェリンの背後から首と胴に腕を回してきた。

「恨まないでくださいね、聖女シェリン」

「……やはりフリアナの味方だったのね」

見上げたクライブは面食らった顔をした。

「よくわかりましたね」

「違和感があったから」

クライブはシェリンをしばしば動揺させようとしてきた。人々の前で恥をかかせ、聖女の資格がないのだと証明しようとするかのようだった。

「……あなたからは牢で嗅いだ麝香の香りがしたわ。高価でめったに手に入らない麝香の香りが。あれをわたくしが手に入れたら、あなたはきっと言いふらしたでしょう。わたくしは高価な香料に頼らないと聖女になれない未熟な女だと。それに、ダンスのときに、あなたが三回足を鳴らしたとき、気づいたのよ。聞いた覚えがあるなと」

フリアナが牢を訪れた際に伴っていたフードの男。おそらくあれがクライブだったのだろう。

「意外とお利口だったんですね」

　クライブが蔑むように笑っている。

「……なぜフリアナの味方をするの、メリア伯。あなたのお父さまはバルトの後援をしているのに」

「俺の父親はつまらない男ですよ。あんな堅苦しい人間のそばじゃ、人生を楽しめない」

　クライブは肩をすくめてシェリンの首を絞めた。喉がつぶれそうで苦しい。

「それに、聖女フリアナの自信に満ちた様子を見ればいい。鼠のように怯えているあなたとは違う。堂々として美しく、誇り高い。あれこそが我が聖女なのですよ」

　クライブは陶酔したように言って、シェリンの喉を絞める腕にますます力を入れる。

「ぐっ……」

「シェリンったら、本当に憎たらしいわぁ。あのくそったれの辺境伯に守られて、なかなか手が出せない。きれいな頬には花びらが続々と増えるし、聖女の力は増していく。クライブを動かして、おまえのみっともない姿を衆目にさらそうとしても、すべていいほうに変えてしまう……。本当に不愉快でたまらない女ね。反吐が出るほどに」

　フリアナは憎々しげに語っているが、シェリンは喉を絞めあげられて返事もできない。

（……なんとかしなければ）

クライブの拘束から逃れないと、このままではフリアナに殺されてしまう。締めつけからなんとか逃れようと身じろぎするが、クライブは押し殺した声で笑うばかりだ。

「聖女シェリン。あなたの細腕では無理ですよ。おとなしくフリアナに殺されたらいい」

「そうよ、おとなしく殺されないと」

フリアナは闇の中でもはっきりとわかるほどに両手に黄金の光を集めた。彼女の足元から風が舞い上がる。ローブの裾を揺らした風が渦を巻いた。

光に操られた風がシェリンに襲いかかる――と思ったが、唐突にクライブの拘束がほどけた。

風の刃に切り裂かれたのは、背後にいたクライブだった。

顔を、首筋を、腕を、脚を、いたるところを深々と切り裂かれている。

まさに風のナイフで切りつけられたように。

クライブはその場に倒れた。倒れた拍子に後頭部を打ったのだろう。びくびくと痙攣しているが、もはやしゃべることも意思をもって動くこともできないようだ。

彼の全身からは血が大量に流れていく。とっさに治癒の力を使おうとしたが、フリアナが放つ風の塊で吹き飛ばされた。壁に叩きつけられて、全身の痛みにうめくしかない。

「クライブ、あなたって役立たずだったわぁ。無能な味方ってやつよ。自覚ある？」

フリアナは動けないクライブを踏みつけて罵る。

「馬鹿な味方は敵よりも悪いの。足を引っ張るから。わたしが好きでしょう？　だから、最後に死んで、わたしの役に立つ機会を与えてあげるわ。感謝しなさいね」

フリアナはクライブを蹴りつけてからシェリンに向かってきた。

「さあ、殺し合いましょうよ、シェリン。勝ったほうが当代の聖女になるわ」

シェリンは壁を摑んで立ち上がってから、フリアナを睨んだ。

「……聖女の力は誰かを殺すためにあるんじゃないわ」

「馬鹿な子ねぇ。どうでもいいきれいごとを言い合いたいんじゃないのよ。おまえを殺したいの。地下牢で飼って、生かさず殺さずで遊ぼうと思っていたけれど、やっぱりなぶり殺しにしておくべきだったわね」

フリアナはクライブに放った風の刃をシェリンにも放つ。

シェリンはあわてて身を低くして避けた。

このままではフリアナに殺されてしまう。

（なんとかしないと……）

（力を……どうにかうまく使って……）

シェリンは両手で冷たい水をすくうイメージをする。それから水の塊を両手の中につくった。

水の塊をフリアナに投げつける。フリアナの身体に当たったが、水で濡らすだけに終わってしまった。

「シェリンったらかわいい子。わたしを殺せないのねぇ。わたしはおまえを殺せるのに」

フリアナが風の刃を放つ。とっさに黄金の光の膜を目の前に張り、刃が届くのを阻止する。

「そのままでは死んでしまうわよぉ」

フリアナが嘲笑する。シェリンは必死に逃げたが、角に追い込まれてしまった。

「ああ、シェリン。ようやく目障りなおまえを殺せるわぁ！」

フリアナが天を仰いで笑う。それから荒ぶる風の刃を放った。

刃はまっこうからシェリンに飛んでくる。

シェリンはフリアナばかりを見ていた。だから、聖女廟の暗がりから飛び出した人間が己の前に立ちふさがったときも、呆然としてしまっていた。

フリアナの攻撃からシェリンを守ったのはバルトだった。

バルトはその場に崩れ落ちる。膝をつき、仰向けに倒れた。

「バ、バルト……」

信じられない思いでいっぱいだった。彼を癒そうとするが、フリアナの風の刃が迫る。

腹の底から猛烈な怒りが湧きあがった。

ら。

（許せない……！）

自分に向けられた憎悪なら受け止めた。シェリンはフリアナの立場をなくした存在だか

だが、バルトを傷つけるなら容赦などしない——いや、できるはずがない。

高揚していた。身体の芯から無限の力があふれるのがわかった。

両手に生まれた黄金の光は水に変じ、その水が凝固する。放った氷の剣は風の刃を裂き、フリアナの心臓を貫いた。

フリアナが己の肉体を貫く剣を見て、信じられないような顔をする。

「うそ、よ……」

「フリアナ？」

「いい気味、だわ。わ、わたしに、感謝、しなさい。聖女は、己を愛する者のい、命を犠牲にしたときに、本当の聖女に、なるの、だから」

フリアナは血を吐き、笑っている。

「お、おまえがぜ、絶望、するのが、うれしい、わ……」

フリアナはその場にどさりと倒れた。聖女廟に血の匂いが立ち込める。

シェリンはバルトのそばにひざまずき、彼の手を握った。バルトの首筋からは血がとめどもなく流れている。

「バルト、今助けるから！」

シェリンは己の手に力を込める。今ならできるという確信があった。

バルトをかつてのように助けるのだ。

「よせ……俺を、死なせて、くれ……」

バルトがうめくように言う。

「俺が、死ねば、あなたは本物の聖女になる……」

フリアナと同じことを言うバルトに、シェリンは唇を噛んだ。

（バルトは知っていたんだわ）

シェリンが聖女になるために必要な条件が。シェリンを愛して、そして死ぬことがバルトの願いだったのだろうか。

「……シェリン、花びらが五枚に……あなたは、本物の、聖女になったんだ……」

バルトが目を細める。うれしそうに、満足そうにする。

涙があふれた。悲しくて、苦しくて、息がつまる。

「……バルト、ひどいわ。わたくしは、あなたを失ってまで、聖女になんかなりたくないの」

シェリンは両手を合わせた。あふれでる力を黄金の霧に変え、バルトに傷に注ぎ込む。

「シ、シェリン……」

「許さないわ、バルト。わたくしに真実を告げなかったことを後悔させるから。だから、元気になって」

シェリンはバルトの血を元に戻すように光を注ぐ。

(わたくしは、やっとわかった……)

聖女に戻りたいと願っていた。国のために、民のために、そうなるべきだと思った。けれども、それは誰かのためではなく自分自身のためだった。

人々に聖女と歓呼され、崇められること。それがうれしくて、知らず知らずのうちに巨大になっていったのだ。虚栄心という塊が胸の内に大きく存在するようになっていた。

(得意になっていたのよ。でも、もう要らない)

バルトを失って得られる聖女という称号ならば、シェリンはもう必要としない。捨ててしまってかまわないのだ。

「バルト、死ぬのは許さないわ。わたくしのそばにずっといてほしいから」

シェリンは必死に力を注ぐ。バルトをなんとしても生かすのだという気迫で黄金の光を彼の肉体に注入していく。

ふと気配がした。シェリンの周囲に首のない聖女たちが立っていた。

(この聖女たちも、自分を愛してくれる人を犠牲にしたのかしら……)

愛してくれる人を犠牲にして、ベルーザを守る聖女になったのか。

痛ましい思いになりながら、彼女たちに告げる。

「……わたくしは身勝手なの。聖女になるくらいなら、魔女になる」

首のない聖女は何も語らない。初めて聖女廟で彼女たちと会ったとき、聞こえた声がもう聞こえなかった。

「聖女は終わり。わたくしが、最後の聖女になるわ」

ここにいる聖女たちは縛られていたのではないかと思った。聖女にならねばという責任感、人々の期待。縛られて、逃げられなくて、聖女になるしかなかったのではないか。

「わたくしにとって一番大切なのは、バルトだから」

バルトは信じられないという顔をしてシェリンを見つめている。シェリンは微笑み返した。

傷に黄金の光を注ぐ。自分の中からどんどん力が抜けていくのがわかった。おそらく最後の一滴をバルトに注いだら、シェリンは聖女ではなくなるだろう。

首のない聖女たちがひとり、ひとりと姿を消した。もうシェリンが聖女でなくなるから。用がないと思っているのか。

最後のひとりが消える前、シェリンの右頬に触れていった。

「あっ……」

頬が熱くなる。それと同時に手から力が消えた。

傷がふさがったバルトが、ゆっくりと半身を起こす。彼はシェリンを一心に見つめてくる。

「……シェリン、花が消えて……」

バルトはシェリンの右頬に触れる。愛おしげに撫でる彼の手に己の手を重ねた。

「バルト、怒っている？」

「怒りはしない。ただ……」

バルトは迷ったような目をしたあと、シェリンをじっと見て言う。

「あなたは聖女ではなくなった。俺のせいで……俺のために……」

「聖女でなくなったら、わたくしを愛せない？」

それなら彼に背を向けて去るしかない。

だが、バルトはすぐにシェリンを抱きしめて、その疑問を打ち消した。

「……シェリンを愛さないはずがないだろう？」

バルトのぬくもりと重みを感じ、シェリンは満足してうなずいた。

「わたくしもバルトを愛しているわ。これからも、ずっと」

聖女に戻ることが目的ではない、新しい人生がはじまることに、シェリンは幸福を感じずにはいられなかった。

終章

戴冠式《たいかん》を終えた王と王妃が王宮のバルコニーにあらわれると、歓呼の声が広場に響き渡った。

秋の穏やかな陽射しの下、集まった人々が帽子や手を振っている。それに応えて手を振るのは、ベルーザ王国の新王となったシュヴァイン辺境伯バルトと王女シェリンだ。宝石と黄金で飾られた王冠をかぶり、裾を長く引くマントを身に着けたふたりに、人々は惜しみない歓喜の声をかける。

シェリンは彼らに手を振りながら、王冠の重みに耐えていた。

「王冠って重いのね」

シェリンのつぶやきに、バルトは横で笑っている。

「そうだな。でも、あと少し我慢してくれ。さっさと引っこむのはみっともない」

「そうね……」

戴冠式は聖教の教皇のみで執り行った。聖女はもはやこの国に存在しない。それを周知させるのが、バルトとシェリンがまずやらなければいけない仕事だった。

（大変だったわ……）

バルトはフリアナこそが魔女であり、彼女こそが災厄の源なのだと発表した。

フリアナのした様々な悪事――弱まっていく奇跡の力を保持し続けるために、己を愛してくれる人を犠牲にしていたこと。それだけでは足りず、媚薬を飲ませて男を虜にし、その男たちをも殺し続けていたこと。

聖女シェリンを貶めるために、シェリンは魔女だと嘘をついて迫害させたこと。貴族たちに毒をもり、また貧民街の井戸に毒を投じて、彼らの死をもってシェリンは魔女だと弾劾させようとしたこと。

最後に、シェリンが聖女の力によって魔女フリアナを退治したこととシェリンが力を失ったことを発表した。

今のところ、貴族や民衆から表立って反発の声はあがっていない。

抗議の声があがっても当然なのにそれがないのは、よき聖女であったシェリンを迫害したという負い目が人々の中にあるからかもしれなかった。

「……わたくし、できるだけのことをするわ」

シェリンはもはや聖女ではない。ただの王女でしかない。

聖女の力で誰かを助けることは不可能だ。王女として地道な活動を続けていくしかない。

「気負わなくていい。シェリンはずっと善行をしているんだから、それを続けていけば思いは通じる」

「ありがとう、バルト」

　力を失っても、養育院と療養院には定期的に足を向けている。奇跡を生む力がなければ、手足を動かすしかないからだ。

「聖女はもはや存在し続けてはいけないんだ。いつかは終わりがくる。幕を引いたシェリンは立派だ」

　バルトがじっとシェリンを見つめる。

　彼は歴史書やフリアナの行動を調べて、聖女になるために必要なことは、シェリンを愛する自分が死ぬことだという考えに至った。その考えを補強したのが、フリアナが聖女になったあと、すぐにフリアナの生母である王妃が死んだという事実だ。王妃こそがフリアナの最初の犠牲者だった。

（バルトは、我が身を犠牲にした）

　愛するシェリンのために、死のうとした。黙っていたバルトが恨めしく、けれども、そこまで愛してくれた彼には感謝しかなかった。

「シェリン。俺といると、きっと困難な道になる。それでも一緒に歩んでくれるだろうか」

　バルトがつらそうに言う。簒奪者が国王になり、国を支える柱であった聖女は存在しない。

聖女がいないベルーザ王国がどんなふうに変化していくのかわからないのだ。

「わたくしは、バルトのそばで生きていきたいの。そんなわたくしを遠ざけるの？」

シェリンは少しの腹立たしさを込めてたずねる。バルトはずっと大切なことをシェリンに話さなかった。シェリンを守るためという理由で、聖女の忌まわしい真実を明かさなかった。

それはすべてバルトの愛だと思っていたが、違うのだろうか。

「俺はシェリンと離れられない。シェリンがそばにいなかったら、きっと政務を放り出して探しにいくぞ」

真顔の返答に、シェリンは微笑んだ。

「シェリン、俺のそばにいてくれ。あなたがいなければ、俺は生きていけない」

バルトはもはや人々に手を振ることをやめ、シェリンだけを見つめている。

シェリンは彼の手を握り、胸に押し寄せる幸福を覚えた。

「わたくしもそうよ。バルトがそばにいなければ、生きてはいけないの」

苦難の道のりは承知の上だ。それでも、バルトと一緒に人生を歩みたかった。もはや離れることは選択肢にないのだ。

バルトが感極まったようにシェリンを抱擁しかけたとき、ユーリの咳払いが聞こえた。

「あとでゆっくり時間を設けますから、そのときになさってください」

厳格な物言いに、カリアが噴きだしている。

「バルト、わたくしたちのお仕事をしましょう」

いたずらっぽく言えば、バルトも笑った。

「そうだな。今は王と王妃の時間だ」

ふたりはバルコニーの手すりに寄りかかり、大きく手を振る。

秋の穏やかな風を浴びながら、ふたりはいつまでも寄り添って手を振り続けていた。

あとがき

こんにちは、あるいは初めまして。貴原《きはら》すずと申します。

お久しぶりの登場になりました。前作の『俺様陛下はメイド王女を逃がさない』から、なんと三年二か月ぶりの登場です。

今作は流行の「聖女もの」です。ラストのバトルといい、完全に趣味に走っている感がありますが、貴原は流行に乗ったつもりでおります。

ところで、今作は執筆が滞る瞬間がありました。何かが足りない……。悩んだあげくに貴原は気づいた……。バルトの狂気が足りないのだと!

というわけで、バルトを頭のおか——シェリン一途で他はどうでもいい男にしたら、ストーリーがサクサク進みだしました。あまりにもソーニャヒーローを書くのが久しぶりすぎて、一番大事なことを忘れていました。猛省しております。

今作は、前作に引き続き、炎《ほのお》かりよ様にイラストを担当していただきました。端的にいって神!! な表紙と挿絵。本当にありがとうございました。

読者の皆様。お手に取っていただき、ありがとうございました。楽しんでいただけましたら、うれしいです。では、また物語の世界でお会いできればいいなと願っております。

Sonya
ソーニャ文庫

この本を読んでのご意見・ご感想をお待ちしております。

◆ あて先 ◆

〒101-0051
東京都千代田区神田神保町2-4-7 久月神田ビル
㈱イースト・プレス　ソーニャ文庫編集部
貴原すず先生／炎かりよ先生

完全《かんぜん》な聖女《せいじょ》になるには、強面辺境伯《こわもてへんきょうはく》に愛《あい》される必要《ひつよう》があるそうです

2025年5月8日　第1刷発行

著　　者	貴原《きはら》すず
イラスト	炎《ほのお》かりよ
装　　丁	imagejack.inc
発 行 人	永田和泉
発 行 所	株式会社イースト・プレス 〒101－0051 東京都千代田区神田神保町２－４－７ 久月神田ビル TEL 03－5213－4700　　FAX 03－5213－4701
印 刷 所	中央精版印刷株式会社

ISBN978-4-7816-9781-9
定価はカバーに表示してあります。